剪纸课

蟋蟀诗集

华东师范大学出版社

华东师范大学出版社六点分社 **策划**

目录

自序

还记得写下第一行诗句时笔端的颤抖。当时正值年少，完全无法预见若干年后，诗歌以其与万物之间的隐密关联左右着我的命运。我也曾有过对诗歌的极端狂热，在漫长且稍纵即逝的青春岁月里，在厚厚一撂素描本上彻夜奋笔疾书，不知疲倦。但最终，我选择了远离诗歌——我卖过鞋，做过夜市烧烤；卖玉米和甘蔗、宰杀肉鸡、摆地摊卖皮包；在武汉外环线建筑工地做水电工、在员工食堂烧火做饭；推销水暖器材、在广告工作室做文案；我甚至还在杂志编辑部混过饭吃，花光了一生的运气过了几年无比悠闲散淡的日子……这些不务正业的经历反复锤打着我，挤压着我，使我终于摆脱了对诗歌的迷恋。

然而，我需要诗歌。唯如此，我微不足道的命运才具备一缕超脱的、诗意的光芒：晨起时窗外的鸟鸣，月下乡村屋舍间的水渍，农人寒霜里畏怯的步伐，麦收时生锈的镰刀，菜市场里人声的喧哗……这些场景，我渴望——为它们重新命名，从而摆脱所有的成见去抵达一个新世界；我渴望属于这个新世界，属于它按照内心所需去重构的万事万物，并悄然映照着现世的孤独与荒诞、人性的芜杂与破败，以及自我的省悟与尊严。我渴望加入整体之诗——沿着自我的命运汇入汉语之河，成为河床深处的暗流，被不为人知地引用、注释，并滋养着后来者的方言。

谨以此献给我的父亲、母亲和我在诗篇中提及的长港河。你们平凡的一生给予我最大的教诲就是，苦难仅仅用来承受，而非嗔怨。那些百倍艰辛的努力，只是为了达到平和，而非激烈。你们虽然卑微，但身上流淌着高贵的血液——恰恰是因为你们的自尊、节制、朴实、坚定。我没能全部继承它们，是的，但愿我的诗篇终将做到这一切。

故乡山

今夜,月亮记住了每一棵树的名字:杨柳,苦楝,桑。记住了
粗糙树皮下酣睡不醒的虫卵。
记住了一只鸟,它没有巢,尖叫声狠狠抓破了黑夜的脸,但月亮
无所谓,只是轻声说:我记住了。
记住了一面墙,和砖块里烧成白灰的田螺。
还有你,脸上的三道疤痕。

瞧,你的双手,每一个指头都有它的去向,它的姓名。
和远处的屋檐一样,它们住着一截骨头,几根
一碰就会尖叫的神经。
它现在在你的身上,就像砂石在路中央
为了辗平它不知磨损了多少车轮。

我从来不记得鱼。因为它一直在水中游,在沟渠里,在自己的鳞
　　片深处。
不记得哪几盏灯火比倒影先熄灭。
父亲变得又聋又瞎,像一把用钝的铁锹,靠在墙角。
我不记得狗吠声是由近而远,还是由远而近。
村外的棉花都白了,揣着温暖的棉籽。
露珠在地里沙沙地走来走去,茫无头绪。

我已经不记得那些喊过的名字,它们像河水被一张张面孔舀走。
在废弃的码头边,一个矮子和他的绰号还
孤零零地挂在树上。
身后,蛛网一节节地拆散。
故乡山越堆越高,那么多的月光夹进岩层,那么多白霜。

而我的遗忘也未能使它停歇：
草尖正慢慢向外刺伤我的皮肤，又老又丑。

立秋

躲在谷草垛里,进进出出的露珠歇下来
双手歉意地在抹腰上擦拭

寒霜的客人轻手轻脚,来了。
他不走平路,只走陡坡

在长港河的上游,拱桥一言不发。
像首尾相衔的孩子的冤魂,不敢断开。

你的大衣挂在衣橱外,有着你的轮廓。
在口袋里还揣着我冻裂的小手,呵着热气。

来,把你的喃喃絮语吐尽,我在听。
背着这些行李我好去往我的晚年。

当我把双脚放进木盆,
你弯腰,低下额头

像挖了一锹的泥土
低下多年的伤口。

晚宴

我们不能一次宴请整个月光,父亲
木门必须虚掩。
我的赤脚已经属于我,听从于
你现在的语气,说吧
守在餐桌边,还要等多久

满满一桌菜肴,多么丰盛!
处处撒满晶亮的盐粒
像一把破碎的旧尺。
在我还没有开口吞咽下
不安份的双手前,请告诉我

那窗外树林里,迟迟不能赴宴的人
可正是骑在马上,
四蹄乌黑,每一步
踏在树木中央,饥肠辘辘
在年轮中不能自拔。

黄昏之诗

和新鲜桃核的纹理相遇,和桃子的香味
滚作一团。父亲在码头边
试探水温,拍打着胸脯。
我看不见他的腮。
他紧密的鱼刺渐渐松散,在水的浮力里
神情恍惚,浸泡。
他的根须坚持服药,把药渣倒在
孩子们上学的路上。
他患有痔疮的肛门外,
排泄物随处可见,无需清理。
茅厕里,母亲为兄长点燃了艾蒿

母亲,我就藏在叶片反面。
我的腹部隐隐发亮。
那只灰狗在找一个复数:我,影子。
将要杀害我的人已经做完了家庭作业,在庭院中
与小伙伴嬉戏,扭打
行凶的手指尚未成年。
他床头的闹钟已拧紧了我的名字。

村庄继续散发着草席的青涩味道。
死者在地下摇动蒲扇。
我逃离的速度还没有被菜刀切开,西红柿浑圆无恙。
我在等,舌尖的夜色越来越苦。
母亲,你的呼唤越来越迫切
飞快地跨过竹篱,

你的影子压垮了家的边界,倒塌。
露珠越来越大,我快要出现;
瞳孔越来越黑,我就要出现!

沟渠里的水满了

今晚我一个人来到村外。
沟渠里的水满了,月光照在
萤火虫的伤口里。
那流动着的是夏夜的味道,荷叶卷起
裙子的味道,稻子将熟的味道
和孩子们要赤裸着睡在
草席上的味道。
青蛙被风压迫着,湿透了衣裳。
那些仰面的池塘还在迎接
月亮在天空拖动的粉末,
它们盛装的水
不够一粒黄金的来回……
守夜人刚刚熄灭了烟蒂,他还得在床沿
沉默地,坐上一会儿。

蔡家墩

三轮车冒着轻烟掷向田野。
绵延的沟渠上开始结网,露珠访问每一处颤栗。
从苦楝树下,再一次运走了一个人和他的全部记忆:
雕花木床,钉耙,鸟窝和狗链,一把
用蒿草捆扎的扫帚,尚未打成棉絮的花绒,几件衣物。
他嘴里冒出的热气足以弥漫这个早晨,
用咳嗽声推搡自己的背影,渐渐散开

为数不多的几次喜宴中间,周岁、十岁、结婚、生子
是他勉强能够歇息的几处地方,大方地花钱
不再斤斤计较,恭敬而温顺,在客人之间迎来送往。
而这样的场面是一生中可以反复回顾的
几处重点,在别人的交谈中,被偶尔提及。

如今他是最后一个离开,蔡家墩。
身后,高低不一的屋顶
就像生硬、执拗的方言,
将会倒塌、拆分,每一个字眼随砖块砌进新的话语。
沿着长港河,那些小如巴掌的游魂流动,带着水声。
村庄已空无一人。
它曾经人影交织的村巷所隔开的
每一幢房屋彼此互不相让,决不妥协。
在即将来临的暮色中突然点亮灯盏,决不藏匿。

因此,靠一个人的回忆无法将它全部记起。
每个人都将宿命地得到一个片断,

他们相聚时才能共同返回长港河。
只有那条牲口踩踏而成的
河沿小路,被瞎子摸索着
在码头,拉响了一整根来自喉咙的弦。

像鱼一样缠绕

此刻,关于这个小镇的景致我只能猜测。
他是我的亲戚。当我乘坐三轮车抵达
这个有着血缘关系的人,却家门紧闭。我只好
在农贸市场外久久徘徊,怀抱大公鸡
红色鸡冠鲜艳夺目,双眼惊慌失措
蹲在墙角边,虚汗,脸色苍白:因为不熟悉
那儿男人们的怪癖,和久已耳闻的
暴力事件,年轻的小伙子们
光着膀子在街上行走,建筑物看上去摇摇欲坠。
柴油机驱动着街上往来的车辆,它们不安于现状
额头昂扬而高傲,带着骡马的睥睨。
红褐的山丘在身后起伏。
村庄都蒙上了鼓皮,心脏们雄浑地搏动。
这儿的水都来自地下,
从每一双眼睛里沁出。
因为某个祖先曾经在这里贩卖棉花
留下过只言片语——
埋下了磁石。
我再一次小心翼翼地搜集有关东沟镇的一切:
大桥村,肖家垴,和倒闭煤矿的回声;
再远一些,磨刀矶的漩涡与码头……
大雁被北方的寒冷气流所迷惑,衔来的
每一根光线都由来已久。
这的确让人欣喜:秋天开始刮削出白色
越来越明亮,从杨柳树林中
走出穿红色毛衣的女孩。

她们像鱼一样缠绕着某个巨大的线团。

那么多的外祖母都结了冰。

信使

从今后只往返于黑夜，
天色未明，或天色已晚。
如此，我感激那些
付足邮资，却不再催促的人
感激那些因为等待而逝去的人，
连同我自己，毫无保留
要去相认的陌生人。
黄昏那被掀落的草帽，露出里面的秃顶
明月下弯腰，废弃不用的礼节
还有春风在晾衣架上
轻咬，戏谑，淡淡辜负。

是水在控制我

是水在控制我。
冲刷着木梳的黑头发控制着我。

树枝长出早安的形状，
而它的根部在说晚安。

建筑物是白痴，那些进进出出的
表情的剪纸

是路灯的开关在控制我，
是烧焦、熄灭的眼瞳

反复鉴别，是清晨切开了
多汁的窗户

划伤了整条街道，
和破漏的下水管

我们转动着嘴唇的车轮，
我们开着焦急的店铺。

冬夜

秋千荡起，
像一声没有被听见的呼喊。
所有的树举着手臂，赤裸着
等人给它穿上衣服。
我躲在棉被下，在幼鼠粉红的耳朵里。
外面，呼啸的风吹倒了
那些隐约、黑暗的建筑，
轻轻地，给每一片砖块
撒上一层白糖。
还有人在摆弄着小摊子，声音沙哑：
"来打气球吧！"
他呵出嘴里的热气，擦亮枪枝
把硬币投进铁罐
丁当作响。
那些树跺着脚
等待有人脱下自己的大衣。
风筝在三月飞起，是那三月的绿草地
线却在这儿，
在我的手上，在气球拧紧的根部。

今夜，键盘打出了

一个谁也无法辨认的字。
我的手，还在河面上敲击。
岸边的人家睡了，他们的手与脚，被睡眠捆紧。
他们的字体是黑色的字体

头顶上，流星俯视着我们。
它的发音在燃烧。
我的脑袋，这四方的屏幕
没有了一点声息

故乡在暗处堆积着暖和的柴垛。
我得照看这些死去的秸秆。
天气渐凉，我的手醒着，举在岸边
这奇异而古老的象形偏旁。

剪纸课

我们翻到第三章,谜面。
我们翻到第九章,谜底。
我们合上书,我们猜。

腐朽的木头里,门闩紧闭。
我们猜它用根须喝水的声响。
我们猜父亲胃里的田螺和蚯蚓,
猜他渐渐没入泥土的怪癖已经
伸展出芽叶,有如伸出车窗挥别的手,从此。
兄长正在用一根血管释放
我们所拥有的漫长暑期,在凉鞋里推倒
脚趾的积木,倒出砂粒。

这是一个鲁莽的下午,
是一盏白炽灯照着阳光的下午,至少
有一个姓名可以从黑板上擦掉,
有一个班干部可以跑进操场,
他的作业本在书包里憋得满脸通红。
我们猜是乌鸦在课程表里定下了节日
它已经煮好了浓汤,汤汁沸腾、飞溅。
我们并排坐着它的下颚
没有丝毫动摇。
靠着我们昏昏欲睡的幻觉,它在嚼
靠着我们彼此怀疑的窃窃私语,它在嚼

它吞下桑树上的鸟巢。

还有未完成的天空的作品,纸样。
有一把剪刀通过了我们。
在庄严的旗帜下,有两次锋利的自卑感将我们穿透。
它们刚好交叉在一起
刚好嵌入乌鸦的喙,开口。
我们猜它带来的歌声是否总是不祥,
它生儿育女的面目是否依然狰狞可怖。
在骨瘦如柴的梦境里,我们猜到它的边缘
离村三十里,它会飞尽所有的翅膀:
这样的边界将被反复地抽打
直到它的羽毛沦为漆黑一团。

蜂蜜

埋在天线里。
短波,在黑暗里冲撞,
坠落进收音机。
祖父正在用盐水洗漱。
前方,新闻联播
驱驶着火车,咣当,咣当。

整夜,一边倾听杂音
一边和泥碳,做苦难的蜂窝煤。
而蜂蜜是他的最爱。
爱舌尖,爱毒刺。
当他与祖母争执,呕气
蜜蜂在麦地舞动八字。

整点,报时,滴,滴,达。
炉火也将燃起。
月光破败,零乱
匍匐着,地上蜕下的苍白皮肤
和引火的草灰:
他爱舌尖,毒刺
爱不可爱之物,不可追悔。

小于夜晚

小于夜晚，这屏息
总有什么无法抵达。
房屋举着几扇发光的窗户，
泥土，冲刷着河水。

总有什么越损伤，就越丰满。
心也是这样，无法退却。
秋天，剥开时辰
一层又一层

绿的黑暗。
红的黑暗，以及
白的黑暗。

我的我。
你的我。
小于身体的我比我更大。
他尝到了无我的味道

再延迟一会儿。
把皮肤伸进铁轨，再辗压一遍。
夜晚更薄，更松弛
在树木整齐的
火炉边，
双眼渐渐融化出舞动的光线。

雨水增加了夜晚的厚度

雨水增加了夜晚的厚度。
没有道路,只有屋檐,长廊,湿衣服。
我徒步跳跃,从一盏灯
到另一盏灯

从一间方格,到另一间方格。
在方格外是那些静止的人,嘴角粘着胶水。
他们站在操场上,
顶着雨点的鞋子。
在极细的歌喉里,左右摇摆。
"嘘,我们一起磨这月亮。"
云中,一条矿脉,时隐时现。

雨水并没有丝毫察觉,玻璃窗
铺开灯火通明的画布。
用蜡笔,在自己的面部画上自己。
那些敲打着鞋底的
钉子,跟敲打着木头的钉子
会合,深浅不一。

那些仰面的鸟巢接受了屈辱。
母亲在门后低头剁碎菜叶。
她疲倦的刀柄挥动着
我锋利的脚印,一步一个开关。
依次踩灭,一步一个永别!

猫王国

以悬崖的步调止于
街头,路灯下流淌着的黑猫。
那腥咸的屠宰铺,铺满
长袖中的暗杀名单,重新照亮了市场。

发出重音的马匹今夜难以安稳!
槽中的草料来自雪地
被冻得失去筋骨。
来年,阳光让马蹄深陷

各式各样猫的纠缠,花瓣,陷阱。
舞女的猫步是一扇门。
有文身的猫领袖,突然脱下毛皮
摘下墨镜破门而出

那狂欢紧随其后,如决堤的河流。
一只猫躬身,探出桥梁。
风吹动猫的叶轮
弹奏着雨点和船舱,即将离开码头

住在鱼里的猫向外啃着鱼鳞。
它们蜷缩成枕头
啃那梦的表皮,
玩铁环的男孩曾经梦见的某个场景:

在外公的身边哭泣,两只白猫的音箱!

镰刀忍不住生锈。
手上，猫的尸体僵硬
才不至于从指缝滴落，四处飞溅

带刺的母猫在飞翔。
尚未出生的猫，砌入城墙。
而那漆黑的城门
不存在的猫悄然洞开

稻田里的猫尾已经成熟，弯曲。
烈火在收割。
根须在泥土里喵喵叫。
细小的回声，在一杯茶里变苦……

慢慢浅了，猫的身体。
被喝进一群猫里。
当城市渐渐显露出金色，阳光
它慵懒地眯起猫的瞳孔。

卷尺

摩托车冲过了一个街口,又一个街口。我来了。
站在郊区灰尘积压的院墙边,将卷尺拉开。
黄昏前要带着这些方形的数字回到椭圆的思考里。
然后用电焊将它从空气中切割下来,成为现实。

而天黑下来了,我们猝不及防。那些线状的耳语
在街道两边传播。只有一个人在城市中央看守电流
穿梭于每一个脑袋,却只有一枚按钮
朝着江流,只有一颗鱼胆

苦于腰疾,动作变得僵硬起来。再次让我感到神经
是有毒的。我的身体尚未学会
稀释痛楚,雨来了。
贩卖柿子的老人再次回到屋檐下

和这些温软的器官一起,他捏弄着它们。
想起年轻时的那些黑夜,下着雨但灶火微明。
一个陌生的女人蜷缩在被子里露出额头,
她挣扎的刻度被他粗糙地一一抚平。

父亲来电

他同自己的关节打了一辈子交道。
他始终站在肌肉这一边,有的是力气。
我真正认识他是那一次他受伤,坐在杉树上
消磨身上的电击,看上去,像一朵黑木耳那样乖巧,软弱。

这些年,他学会了用电话,我甚至给了他一部
女式手机,但他不知道如何挂断通话。有一次
在宜昌工地上,长途打过来,却始终没有结束
我听得到他在那边工地的喧哗,争执,嘶吼。

如今,几乎每个晚上都能收到他来自乡下的
来电,从不找我,而是找醒醒。
我已经被他遗忘。
就像一个废弃的频道,我和他共同呆在一部老式收音机里

相互之间仅余杂音。
前天,母亲突然告诉我,他的关节也坏掉了。
我想,是该为他寻找墓地的时候了,虽然他还健在
楼梯拐角的镰刀在今年割稻子的时候依然会磨得锃亮

但他的肌肉会因此松弛下来,他赢了。
没有了对手他开始一个人动身去河边钓鱼。
一个渐渐温柔的男人,渐渐老去。
他今天的电话里喊了我的小名。

这些年

这些年,你毫无音讯,隔着一个又一个
无法完工的建筑工地,砌到一半的墙
还差一把力气就能锯断的木料,粘满水泥的灰桶
长短不一的钢钉,撕开的护套线
笔迹模糊的记工单,那些或晴或雨的工时……
你是怎样穿过这些四下零落的日子?
你如何能做到?
连一茬麦子都没有按时收割,一片稻子都没有。
你在城市中的每一个开始
认识的每一个人都是这废墟的一部分。
如今,那些垃圾都被转运到我们的稻田里。
但你始终未能出现。
昨天我一个人打糍粑。
我想象着是两个人,我们。
冒着腾腾热汽,汗流满面。
母亲就坐在门槛上,面露微笑,看着我俩忙活
她记起了过年时,父亲给她打的糍粑
又糯又甜。
我很卖力,独自在石臼里
击打着你曾经击打过的饭粒,用你曾经用过的姿势。

这记忆

不够狠,街头那群流氓。
其中一个在死去前甚至没有看清
那个往他肚皮上抹血的人。
有人用脚踢中了他的裆部,但对于他来说
死掉两次并不会比一次更糟。
在警察赶赴之前,也没有留下狠话。
整个鄂城的混混都为自己感到不值
和他同类,让人蒙羞。
我坐在书桌前不能平静,黑夜让我凶猛无比。
我一定要赶在拿起刀子之前,看清每一个人的脸。
那愚蠢的、懒散的、疲倦的、灰暗的、亢奋的
一群,其实是一个人。
我不必知道事实的真相。
真相就在我的胃里。
我只身走过滨湖桥时,他就混在拉二胡的人群中间。
嘈杂的声音是他的隐身之所,警惕、敏锐而怯懦
注视着我的一举一动。
当他抽出砍刀时他一定
很后悔,但已经来不及。
我在倒下之前已经记住了他,永远。
这记忆不得涂改、清除,永远。

苹果电影院

终于适应了黑暗。
第一排没有人。
第二排,第三排,都没有人。
我们没有票,
电影没头没尾。
蹲在过道边,银幕的反光
看不清彼此的脸。弯曲的膝盖
被寻找座椅的人,低声叫卖瓜子的人
上厕所的人……
撞来撞去。

你突然说起电影院门口
那个卖苹果的女人
是你一个远房亲戚,你认得她
但她不认得你。
说到她的苹果,梨子,桔子
说到水果摆放的形状
和清洗它们的井水。
我觉得干渴,像是有一团棉絮
堵在嗓门,呼吸困难。

这个时候,阳光被咬下一口。
那如注的、漆黑的一口:
对白与灯光
源源不断,从受伤处溢出。
银幕上,两个孤儿

从此天各一方。
在欢聚之前,他们奔向各自的磨难:
饥饿、皮鞭,以及枪声
驱赶着他们,
故事慢慢成熟,泛红。
那重逢的一天即将到来!
但你睡了——
那么多情节
都错过,那么多结局:
在醒来之前,在你手心里
有一颗悄然融化的糖。

这宽限的日子

公鸡在院子里踱着方步。
父亲,你刚刚放工回来
先到灶台边喝一碗凉粥。
而我只想一个人坐在枣树下
磨手里的玻璃球。

母亲,你还在河边锤打衣裳
听得见肥皂泡破裂的声音,
水面上你的影子
有一双翅膀在动。
而我只想一个人在水底流淌。

远方,还有一个你们。
父亲,你还会有一个儿子。
你还是那样严厉,暴躁——
但对不起,我不在枣树下,
身上也没有伤痕。

我完整地睡在这里,跟你们隔着
一座坟墓的距离——
我有三十八个童年,每天醒来。
不要怕,母亲,我有三十八个坟墓
随便你住在更宽敞的那间

我走着舞步穿行。
带着荒草,每年添加一间。

窗户由里向外，父亲
你可以看见我。
你死去的那年我将停下脚步。

你死得越久住得越多。
我手里的玻璃球磨得越圆，越透明。
和那个远方的男孩相比
你抚摸过的额头
在我这里有着更为巨大的安宁。

乌鸦

小男孩蹲在地上抽烟。
树上，一群乌鸦在抽自己的喙

天空更危险，更蓝
金色的节日压迫着树梢。

一辆拉满饲料的汽车穿越树林，
无数个甲虫纷纷起飞

在这美好的清晨，
会有几颗麦子在麦堆里变黑、发霉

会有一个人离开村庄，
去城市领回属于他的屈辱

会有一位母亲尚未聆听到死讯
坐在餐桌边，表情安详

会有一只乌鸦率先飞离
将凶兆一饮而尽。

骑上河水

骑上河水,穿过
燕子锋利的翅膀。
骑上你的名字
四处行走

这四月的魔法,这乡村公路
撕开的田野,
蝴蝶一闪一闪,骑上
黑色的伴侣。

徒步

那些没有灯光的窗户
意味着,黑暗。

穿越走廊,两边的壁画还没有准备好线条
而颜料迟迟未能解释,那些斑点。

我只能凭空呼吸,假设
你还在高处,在一只飞鸟的眼瞳中忙碌

为它的翅膀打算着明天的早餐,不言不语。
纷披着细节,动作的羽毛

你的心脏日复一日,笨拙到极点,渴望
被手指击落,从此安详。

除夕

夜深了，死者在地下举起蜡烛。
影子就像撕开又缝合的大衣。
树木被鞭炮声惊吓，呆立
从耳膜中呕吐出冰凌。
左或右，两只脱不掉的冰冷雨靴
双脚淌出污水——
我站立的地方，踩住了雪花的骨朵
融化出甜美的核。
一个眼神幽怨的乞丐，蹲在石阶前
拖着又细又黄的发辫，
嘴角有些腐烂。
没有人会亲吻她，除了父亲。
火光燃烧起来，
使冰床慢慢损坏。
在那不断传递的耳语中，有蟋蟀的伐木声。
那些细微的糖，水果
在白皙的礼节之间
睡了。只有屋檐下的灯笼
在吃白天剩下的黑粉末。

现在，冰就是谜底，是要塞，是喉咙
是毛发般勾引梦境的阡陌小路。
就连那些鸟儿的巢穴里
也有鱼被冻住，变得坚硬。
化石又往上升高了一层。
车站低矮，潮湿，不能承受说话的热气

独坐的旅客,一碰就碎。
我穿过铁栅栏,穿过墙壁的砖缝
和木桌、长椅、茶几的拼接处,
穿过两片信笺,其中的一张。
就在那雨点的赌场
有人脱开棉袄,押上了全部体温。
兄长,请用你弯曲的手指迎接新生活
贴上大红的窗纸,
为母亲换上新装。
为墙角的鞭炮残屑打扫出
光洁、明亮的客厅:
它们正拥挤不堪,伸出受伤的胳膊
在彼此吞咽的齿轮中推来搡去……

赌徒

水即将在沸点中破碎,瓷壶忐忑不安。
打窗外经过的人,相貌奇特,牵着倔强的孩子
朝这边张望,双目空洞无神。
安插在纸牌中的一次机会已经错过
只好递给下家,起身倒茶。
这小小的机关,暗藏在回头的一瞬
那疲倦的看客发现他手中的最后一枚硬币。
现在,我们押上他的指纹。庄家表情肃穆
口渴难耐,水已经凉了。
从地下的脚步声里,可以辨别谁在离去。
茶几上摆放的玻璃杯不翼而飞,或许
饮水的还有这间房子,背着我们
用门前的梧桐树叶——翻看他人的底牌。

谜语

我在一个秘密的洞穴里藏有
后来慢慢舒展的大地。
透过手掌,我观察到蝴蝶的翅膀撞击出的整个下午
使蝴蝶成为其中一枚光斑——
鱼形的小孔钻满河水,等待鱼儿游弋。
我双脚悬空,头顶的草帽
凸起在荫凉里。
死后我必须将自己的影子收回,是的。
在大地上行走的人啊,你们要快些回家。
我会等到月亮升起时,用脚使劲踩踏松软的谜面:
然后用手指——摁住那些驮走谜底的蚂蚁。

洋澜湖

飞蟓一刻不停地试穿着新衣服。
夜色，只有针尖那么大的夜色
沾在衣领上。
伸手可及的是未开启的月亮的药盒，里面是一粒粒
鼓着腮帮的胶囊，和密闭的
古老瘟疫的环形山。
伐木者捻灭手中的烟蒂，在桃树的果柄上默坐
头发向下，长成胡须。
孩子们低头坐进年迈的小木船，划走。

凤凰广场

随便从哪个小酒馆起身。
四月适于远眺，像树叶那样高高看见。
哦，我们各人手中往外舀水的动作清晰如昨，
喝下自己的泥腥，略微有些陌生。
的确良衬衣的下摆
像新鲜的果皮一样翻卷，在暗中眨动诡异的
果核，黑亮的本质
渐渐覆盖凤凰广场。
言语中愈来愈粗重的噪音慢慢接近所要说的，
生殖器官们大口饮下果汁，吸管
插入破败的皮肤
杯状的才华。
我们像水渍一样布满环形跑道，红灯，绿灯。
盲眼人从手杖的敲打中抽去了白昼的白。

总是在人们醒来之前

我手头还有那么多形容词：
有些坚果，我还尝不到它的味道；
有些浆果，必须在腐烂前扔掉……

在城市的是水管破损的修辞格，
睡眠只是闹钟的隐喻。
而在乡村，
雄鸡唱响了它的谓语，像介词：

总是在人们醒来之前，
恢复词义的工作那样繁忙；
有时我会遇见
两个汉字离别，来不及清洗酒渍和浓妆。

速度

每行驶三公里便有一只乌鸦。行驶十公里
会有两只。四十八公里,三只乌鸦还来不
及飞进视野。
越远,赊欠的乌鸦越多,树木舒展的速度越慢
越是接近浓雾,越让你看得清楚:
我面目可憎,那些好心情带来的
笑容,来不及遮掩
贫穷,犹疑和沮丧,我的身体
还来不及从母亲那儿领到伤疤,破漏的
果汁流溢,染红了指头:
我和头顶上的野山楂进入夏天时花儿还来不及开放
除了它的刺,一直钉在风中
你的目光,一直冷冷注视。

鼻尖,危险的岛屿

在瞳孔之上
鼻尖,危险的岛屿

蜻蜓,一颗红色尾翼的心脏
停留于浮标

一只
指认自我的食指。

那些死去的鸟儿所关闭的歌喉
一根引线留在喙尖

黄昏忽然又
明亮起来,黑暗尚未

完全统治这封面。
一盏灯

向人间撒下窒息的网
密布着旅馆的小孔。

草推开露珠的窗户:
以锋利的手捧住。

白鹭

我们比池塘更矮。
在淤泥深处我们拆穿皮肤，
拆开名字的我也拆开你。

灰暗比黑暗更久。
细雨毁掉了坟墓
也毁掉字典的目录，无从检索。

原野从沟渠两边裂开。
小草衔起骨头。
耕牛驮着屋檐，在坡上走：
它的腹部，两扇磨槽转动
它的眼，两束蓝色烛光闪烁

树在村庄之外才能站立，捧着鸟巢。
以倒影为食，它来了。
一只盛着面条的碗

拍打着翅膀，一只飞翔的碗
掠过头顶——
在风中，它的线条熟了。

愿意是

愿意是两只喜鹊,忽远,忽近。
愿意是叶片翻过山岗,时深时浅。
一朵云逗留,对应着
草坡上,正午的你愿意稍作歇息。
愿意让哨音吹响你的嘴唇,
你原本一言不发。
愿意就此告别,来年再会。
愿意是风吹过肩头的枪支。
吹过警觉的额头,你愿意是一捧干燥的灰。
记忆中的一切一吹即散,无所依存。
此刻,愿意是扳机,守在边陲
静候,一触即发:

愿意守着结出薄冰的双眼
和愿意长出青草的喉咙。

一九八六

木料中有一个肩膀的形状。
阳光刨去阴影，又一层阴影。
料场中央，
一个孤单的男孩守着日晷。

母亲在树荫下。
她的身体蓄满胆汁。
身边，邻居的屋檐
投映出一丝诡异的笑容

房子还在泥瓦匠的手中。
没有居所，没有边界
一切都无须安排、清理，
家具散落在坡岸

陷入草丛中。
路过的农人指点着
那深不可测的高处。
灰色的男子走到井沿

拔出脚趾头的铁钉，
在倒影中闷头酣睡。
叫卖的小贩经过
怀揣冰棍的阴凉。

冷却一段夜雨多么重要

冷却一段夜雨多么重要,刹住
末班车,它的轮毂向外放射着
不安分的绳索。
每转动一圈,就捆绑
一条街道,每次加速
就熄灭一扇窗户

湖水彻夜上涨,
将草尖浸泡。
那苦涩的汁,那提取梦之酒精的过程
易于挥发的和易于沉淀的睡眠!
身体渐渐堆积如残渣,
泼洒在湿漉漉的床单上

货轮将离开码头。
它的前臂收敛起马蹄磁铁。
那么多的螺纹盘旋,那么多
受到驱赶的焦煤,和不断
寻找凹陷的开关,银质触点
将要点亮一只高压的沙鸥
它嘶鸣的钨丝布满天空!

而雨点还不够尖锐,穿透冰块的
舞蹈还不够透明,还有
那么多的纽扣未能解开:
那漂白的肉体中

寄存的、人心的巢穴；
那悲切的插入
那焊弧中的熔点……！

阳台

早餐,舔着苦涩的胶囊。
街道,灰尘的说明书扩散进
一刻不能消停的肺里。
饮下豆浆,
太阳在窗棂外又上升一格。

闹钟反向回旋。
它缠绕秋天的发条隐藏着
夏日蝉鸣。
刻度在压缩,而我的身体
也在急剧弯曲

不再有帽子
已经无法戴在头顶。
不再有落叶,多么安静
它们镶嵌在天空中
无法吹动

如此紧密,安详。
惊飞的鸽子,展翅一跃
就将我推出边界——
那洁白尾翼后
迅速弥合的
伤痕,原本是我。

站台

我们将车停靠在悬崖边，
等于号的左侧。
旅客涌向那未知的
出口，缤纷如
脱落的枯叶。

而旅途中，我们
玩猜谜、数独，熟练地运用
阳光的种种算法，
如此葱茏，缠绵

在这荒凉的方程式上行驶。
即将到达终点，我们起身
握手言别，
但忧心忡忡——

今夜，何处是答案？
谁将一脚踏空
出现在等于号的另一侧？
那儿，有一个虚空的站台
一个零的底座

一跃而逝。
我或你的手腕上出现过一只
蝴蝶，瞬间：
那青色文身逃离了身体

静止在天空中，
那皎洁明月，那羞愧。

小镇

在夜空中倒悬着,你的赤脚
刚好,与月亮一同升起。
整个房间刚好,将两个人的身体
裁剪出光滑、波动的弧线。

夜风鼓起银幕。
从你的皮肤里潜出水面,刚好
与你合而为一。
欣喜,狂乱;却又笨手笨脚。

就在那儿,在你悲凉的小巷尽头
有一间昏黄灯光的店铺
向这些客死他乡的人兜售,叫卖
你温暖子宫的糖果

郊外,骑着摩托,这些野蛮的男人
风尘仆仆,正从四面八方涌入
你肮脏的盆骨
温柔地刮削出末日的颤栗!

彩虹

炽烈的光线。
断裂的麻绳之间，固有的光束。

彩虹。
孩子们藏身于此，破碎在镜中

羞愧的雨。
此时所有的应允藏身于乞求，跪着。

他失去臂膀

他失去臂膀但衣袖还在。
疯子蹲在花坛里抽烟,一团雾在吸另一团雾。
门前的沟渠涨满,小声拒绝:不要了!
屋檐的雨还在滴。
二胡手的眼睛瞎了多年,在无人的竹林里边走边唱。
一张衰老的脸正在照镜子,她的主人
徒劳地追赶着约会的时间,
舞伴死在医院的病床上,在涂抹口红的那一刻。
少女挥手拍打网球,面对墙壁。
汽车司机并不知道一只后轮已受伤,漏气:
不,他知道,他在用一个后轮的念头飞驶……

弯曲

弯曲，如狗尾草
抖动着汗毛。弯曲
如铁丝，从未谋面如苹果的切面
弯曲，将暗处反转成灯盏，弯曲
直至折叠成我们。

对一个人的命名

韩国兵说,给我的丫头取个名字吧。
对一个人的命名令人犹豫:
她尚未出生的嘴唇,触碰过这山,这水
她将来的长发,已经拂过这渡船,这旅客
依偎着肩膀,她柔嫩的脸庞终将红润——
对她的想象完全替代了对天空的想象。
我在内心拒绝了他和他的妻子,我说我们都回去吧。
就让风为她吹来一个名字。
从大堤上那些陌生人的歌声里吹来,
从孩子们的追逐和嬉闹间,
从那空无一人的沙堆上,它掠过却秘而不宣。

有蛙声的晚上

远处，绿色的豆子
远处，绿色的麦子
在月光下，它们有着双胞胎的气息
一处发黑，一处漆黑。

稻场上有人做房子，趁着夜晚
因为白天他还要到田地里去。
他的双手不停：
左手是砖，右手是瓦

沟渠边，两个人专注地照看着水流
一路把它引到自家的秧田。
月光照亮凸起的波纹
大地藏起凹下的波纹

赤裸着上半身的小伙子，纷纷走出村口
他们背着电瓶灯，穿着雨靴
在齐腰深的草里，
来时聒噪，去时寂静。

无题

木桶中动荡不安的倒影
半按着快门。

月亮看上去就像不可能的咔嚓声
蜷曲在光线里

在我模糊不清的身体
尚未对准死亡之前。

星光之夜

为了这一张彩票
在夜空中确切的数列
宇宙膨胀了多少年。
为了给虚幻的此刻穿一件
现实的外衣，为了
远山与近水，都平息。
村庄只是猜测的一部分
一小串号码，无法
抵达彻夜通明的灯火。
而城市，采取复式投注
在川流不息的车灯中，
运用无穷尽但声嘶
力竭的计算。
那么多沉迷的头脑
在摸索，纠结于
数字之间，毫无关联的
逻辑，推理——
只是无人
能够改动哪怕一束星光。
自那卦辞
以隐语来模拟奖号，
我们开始运用统计学
去计算男人的热号，
战士的热号，
以及宫廷怨妇的冷号。
去梳理英雄的单，与

悍匪的双,还有
大小战役的和值,
政治手段的质数与
慈善家的合数。

(一艘未归的航船永远
在海面上漂浮,一个
永远不会开出的连号
只存在于:想象
这人类安全停靠的锚点。)

因为概率是我们唯一
可以用来眺望未来的
灯塔,是我们战胜
上帝掷出骰子的恐惧。
因为内心那么多黑暗之所
铁门紧锁。我们
何尝敢于向内正视
那些数与数之间的凶残,
姑息与放肆,何尝
敢于放开无限可能的猎犬
啃噬已有,我们又如何
能够穷尽此生来应对
每一注,无论悲喜
不计后果地,去验证每一次
选择的结局?
不可再现的此夜,
如此疯狂但又如此明晰
不可动摇,被全人类
囊括且平分秋色的此夜。

十个数字在你手中,但
没有任何一个组合
属于你——
继续下注,在井水的反光
和镜面的反光中,继续。
死亡是其中黑色的一注。
这之后,我们将会
被另一个夜晚所囚禁,
被不可能的数列所俘获
成为宇宙之外的一抹虚荣。

UFO

乘着火焰,在天空中划出一道光。
我们跑到林子里,迎接它。
与兔子,野獾,和蛇一起:
吃惯了泥土

一人一枚糖果。
甜味,借助闪电击中了
黑暗多年的口腔!
那一瞬照亮了狂欢,悲怆和宁静。

而它就是见证者
在头顶高悬。
带来了蜂蜜,这他乡的记忆。
从风中剥开了风的核

种在箭矢里,种进
乳房,眼窝,和子宫。
而它还要回到光线深处,
蜜蜂的电台依然在发射电波

在两个人的舌尖,碰撞出
温柔的频率。
在忘我的虫洞里
瞬间坍塌,不知羞耻!

鹊桥

早早就要梳洗翅膀。
连乌鸦也要加入。
推开姐姐的房门，催促她：
快点，快点赶上！

一时间，所有的人都飞到了河边。
怎么回事？有人大声叫喊。
姐姐的衣裳未干
我习惯于沉默。

那些翅膀，那些弧形的脊背
在黄昏时分，艰难地扇动。
还有那么多尾巴，那么
明亮的黑暗要穿越

就连剪刀也要加入。
还是不够，在对岸
那些漆黑的小圆点
正疲倦地扩散，破灭

姐姐，快点，我们就要跟上。
翅膀快要用尽，水漫进喉咙。
桥正在变淡，稀薄
风在将风吹散。

书信中人

来信中你越来越薄。
字迹和纸背，你只能任选其一。
居于信封，东奔西走，无处安身。
黝黑，单薄；你的脖子适合
围绕一串雨水，那泥腥味的念珠
或者，披着炊烟的围巾。
在额头，你悬挂墨汁的屋檐
依靠重力将笔迹滴落。

曾经的错别字沦为笑谈，而课堂外
张衡的画像已经歪斜。
地动仪吐出铜球，
指向那些倒塌的木质建筑，它们
相互咬合的榫卯结构，不堪一击。
快马加鞭，总是鞭长莫及。
沿途如书页般翻阅而过的城墙，村舍，古寺
栈桥与炉灶，归于尘土。
你并未参与他们的商谈：呈上的奏折
总是于事无补，摘录的
诗句，掐头去尾

你曾是寒食东风中的一名书僮。
毛驴一直在郊外碎步行走，
借宿农家，鸡与兔不免同笼而眠。
窗外，细雨打湿了芦草
磨平夜砚。

河边的渡船无人轻摇。
月光在云影后,铺展开宣纸的光晕。
李杜曾经遥祝过的
上元节,灯火折叠处,一篷流萤

曾几何时,铁砧上的繁体字
敲打成简体。
你和这些汉字之间
有着几度离异的旧感情——
而今,彼此依偎,满目憔悴,缺少欢愉。
那些撇与捺,点与勾
和你捻断的数茎须
从横平竖直中脱落

难以吟诵,碎如晨霜。
多年来未有邮差抵达,耳畔终年积雪。
我也未曾一一回复:
只因尚未落笔写下"此致",无法停歇。
铸铁的邮筒,在夜灯下
锈迹斑驳,
隔着迷蒙雨雾,向远方——"敬礼"。

乡村卫生院

痒在痛之前。
舒展开的不过是抬头一瞥。
随后,凛烈的寒颤
逐一敲开楼层的病室。
静脉,蜷作一团
躲在皮肤内——
他被食物磨尖的牙齿,已经松动。
他疲倦的脸色浮肿,发黄。
脂肪瘤是他咽喉一侧的漏斗,装着残渣。
他说出的话酸腐、发臭,完全不可信。
此刻,挂在右臂的针管,注入
少量的墨汁
和睡眠。
他歪头睡在睡意的间隙里。
集镇上,花圈店的老板跟卫生院院长
住在对门。他们的孩子
一起上学,打架,又和好。
河岸两边,打捞田螺的人
用滤网来回捕捞,夜以继日,汗水冰冷。
云层在雨水之前,随风游荡。
"原谅他们!"
桥的两端被大地撕扯,更像是惩罚。
远方,灰色的庄稼令人平静。
一朵花埋葬一只蜜蜂。
如果可以,请埋葬两只。

马路是死者的储蓄所

马路是死者的储蓄所。
路边集中焚烧的
纸币,定向发行
给死去的亲人。
马路还是死者的提款机。
他们中有的富得流油
随时可以取走一叠
飞奔着的红男绿女;有的
则穷得零当作响,只能
眼睁睁看着那些
无所事事的流浪汉
却无法动用分毫。
夜幕降临,树下忽明忽暗的
烟火,是尚未寄走的债权。
而灰烬中有一种
索取的欢乐。
我们,只要活着一天
就对死者怀有巨大的亏欠:
因为他们所持有的密码
和灵魂的磁条——
因为他们随时可能
要求生者兑现
那些誓言。
此刻,我们各自走在
回家的途中,心存侥幸。
因为我们还没有被挤压进

绝症的点钞口：
抽烟,闲逛并打趣地
谈论着牌局,表情松弛,悠闲
丝毫看不出有什么必要
在午夜之前解决掉
那些尚在睡梦中的孩子——
他们活着,还没有成长为整钞。

放映日

头一个七日，胶片还是空白。
从桂花开时继续数到七七四十九，到了诀别的时候。
他带着墓穴回到家，踩着鞭炮和池塘埂上的裂纹。
亲人们聚在一起：肥肉，炸鱼，嫩滑的鱼丸。
一张脸就是一格，月光聚焦在
二十四幅相互层叠的回忆里，故事开始走动——
讲的是那年月，湖水与篷船
一把镰刀趁黑收割掉熟睡的头发，
鱼群鲜红的腮照见马灯，堤岸被密集的雨点压垮。
家就在一个小小屋顶里浸湿，飘走
消失不见，留下无比生动的水花。
多年后谁也无法证实他在此出生，
那朵水花作为标记一再落空，湖水走了。

此刻，天色已晚，酒宴已经散席。
唯有亲人还在以不同的语调叙述：
每一次回放都如风中烛火一般恍惚，摇曳。
一个没名没姓的孩子居然找上门，提到自己的乳名。
祖母口齿不清地舀起一碗浊水。
她一边吞咽，一边抽泣。
她的讲述注定是最后一格：亲人们的血终究会流尽
再也没有人能将银幕转动。
那么多的兄弟姐妹也无法阻止他从方言中消逝——
止于一只鸟，它的双爪所抓住的姓氏
又乘着夜风将它弹至空中。

外语老师

转过街角,你消失不见。
公共汽车驶出视野,一并
把你的名字揪出了脑海,连同
你教会的那些英语单词,
梦中的一次课堂表扬。

我还记得晨风中能歌善舞的芦苇;
和杉树一道,站在食堂外领取早餐的
你,用朗朗书声毁掉了
一个操着古老方言的村庄的宁静——
不知不觉,加入了
鸟儿的啼音,迫使它们弯曲、紧绷
提升了调门

河水渐渐涨满,淹没
胸前的每一粒纽扣。
拔节的痛楚支配着
坡岸上的小麦,它们
在风中倒伏一片。
被镰刀不小心划伤的皮肤,多汁的肉
翻卷,向外窥视——

是的,一切都忘了。
时隔多年,在我的口腔里
浮萍重新聚拢
遮蔽了整个池塘。

偶尔,喉管里会吐出深处的汽泡:
那来自头盖骨的
幽暗发音,你的藏身之所。

春天里

这碗,这饭粒
这每天盛一遍的石头,和那些青菜
火腿肠,鱼片,一起下咽的石头

以及进出两扇房门的石头
还有,婚姻的石头
孩子渐渐长大的石头

晨起时需要掀开的石头
呼吸,肺部坚硬的石头,打开双手
开始一天的敲打,
但没有什么是柔软可变的

没有什么会彼此退让,神情坚定。
大雾弥漫,隐约
出现一条乡村小路
那孤独而隐秘的石头就在尽头

河面的石头不再融化。
那个码头边眺望的人,那个
锤打衣裳,就要转身回去晾晒的人
面目慈祥,但依旧是
一块眺望的石头

父亲,彻夜难眠
那担忧就是石头

雨水自天而降。
在草尖，水珠是疯狂生长的石英。
的士司机踩下油门，在裂缝中加速。
打着伞，干燥的石头和潮湿的石头

有何分别？
美景的石头和良辰的石头。
叶芽正在发绿。
唯有伤口和腐烂才是慰藉。

昨夜,我梦见

昨夜,我梦见住进了一间大房子。
母亲,你终于歇下来。
你右手拿着一根莴苣,左手摘下笋叶
手指上的浆汁发绿,变黑。

我说,你歇一会儿,我来吧。
莴笋也不能总是吃,该换口味了。
你头也不抬,笑着说:
个鬼戳的,才好过几天哪

想想也是,这么多年了,梦中
我何曾住得这样宽敞?
而你还真切地活在世上,还能够
为我再做一顿午饭:莴笋片,莴苣叶

曾经都是我最爱吃的。
要是再看几只鸡就好了!你扔掉坏叶子。
我注意到你的眼角,泪光闪闪。
也不知道你是喜,还是悲。

你爷的脚又肿了。这下好了,你明天
送他去医院看一哈。
嗯,我们醒了就去。
窗外,一阵急雨

我突然想起,就在这个黎明

起床之前,我梦见家爹,家婆。
他们还在那个土坯房里,一个在
挽草要子,一个在缠草把子

把他们也接过来吧! 说这话时,雨停了。
母亲抬起头,几步走到大门口。
我多时想接他们过来的!
你家爹一直不肯,说只想死在肖家垴

你看,这屋几大啊! 楼上还有
好几层。请他们住进来,享几天福!
我这就出门,去肖家垴接他们!
说了这些话,我真的确定

母亲,你的欢喜,甚于伤悲。
你终于放下了手头的莴苣,也放下了愧疚
如释重负。阳光穿过云层
翻过山坡,你就能回到

你的家,那里,你是他们的孩子
也是我的孩子。彼时
保安湖畔,茅草一片银白
你拎着小篮,赤脚

迎着风,一路飞奔。
身后,苦楝树,桐树和枣树尚未开花。
那细叶的苦艾尚未松手,
尚有甜润的骨肉攥在掌心。

午后
——记汶川地震

几个拥挤的鸡脑袋装下了这个干燥的正午。
此刻,它们只能歪头侧视着,倒塌的房子
烟尘,倒挂或斜倚着的人,
差不多要把自己踩平,蹀着砖块的方步。
孩子不再往墙角推他的圆环。
对光和影的迟钝损伤了他的内心,此刻
随泪水都变成了声音、歌喉。嘿
他开始歌唱,呼吸

在明亮的嗓门里他看到父亲回来了,终于回了家门。
母亲在床沿折衣裳,她无法被唱出声来。
他踩着自己的暗处,哦
母亲,她无法被唱出声……

但他的姊妹们坐在了一起,等他唱起她们。
他的好妹妹们慢慢围在一起,
在潮湿的卧室里遮掩住父母。
她们切切地笑着,她们左顾右盼,她们穿着
尚未褪去茸毛的童音。

送葬的人都有一颗温柔的心

送葬的人都有一颗温柔的心，
死者需要一个温柔的葬礼，将她托起。

悲吟的歌声，将她托起；
尸体要缓慢放下，将她托起；
一生中所行的善事，将她托起；
亲人们逐一用方言讲述她的苦难，将她托起；
那饥肠辘辘的少年时光，将她托起。

一生中遭遇的两个丈夫，现在是其中一个
收敛起伤痛，俯身。
未来是孤独的，人生的最后一程总是。
为她换上衣裳，需要一双温柔的手。
在她耳边诉说的话语还要再轻些。
与另外的人道别，要选择几个字眼。
乡亲们前来送行，避开她生前的刻薄不提：
由一位牌友描述她的友好，谦和；
她在人世间所欠缺的，会有人用言语弥补
每个人的口腔仅仅用来和鸣。

就像一个谎言那样温柔，如此迁就。
就像婴儿，我们试图删减掉逐渐衰老的这些年。
她和纸张睡在一起，和那些掉落的羽毛
背部没有任何压痕，她睡了……
我们行走在离别与相逢之间，磕磕碰碰
有时清醒，有时迷茫。

唯有温柔地相处我们才得以行走在这世界，
此刻就算下雨也不能淋湿那温柔的黑暗。

在陌生人的裤兜里

婴儿的啼哭来不及止住,列车
已钻进隧道。
这些手,这些粗笨的枝丫
此刻,揣在陌生人的裤兜里,攥紧
去往他乡的车票。
头顶,正暗自滴答着
岩缝中的山泉。
鸟鸣。一束阳光敲碎玻璃窗
一瞬间,雕凿出这些疲倦的面孔

"先生",查验身份证的警察
终于决定敲门,"你的证件。"
婴儿再次哭出了声。
躲进洗手间,他压低了帽檐。
"先生,身份证。"
光线暗下来,车身再次驶入山的
内部。躲在
无法回应的果核内,此刻
那个卑微的人
干瘪、发黑,一声不吭。

外环线

钱是湿的,她用温柔的腹部烘干。
每人付给她五十,床单被重新铺展过六次。
洪师傅,老肖,以及他的舅弟,还有
叫不出名的三个,来自对面的工地。
孩子在隔壁的摇篮里熟睡。
整个晚上暴雨未曾停歇。
这是建设中的武汉外环线,机械桩和人工桩
因地制宜,有高有低。
高压线由临时变压器分配给福建区,江西区
湖北区或者山东区,大部分时间,他们
只用方言交谈,偶尔
用普通话来吵架,找寻失物。
在她换下第三张床单的午夜时分,巡视工地
一脚踏空的福建保安,被螺纹钢刺穿大腿,在井内
无法切割,整个镇上的医生都赶来
商议至天明,最后决定
插着一截钢筋送他回家乡——
她并不知道这一切,只是有些倦意地
推开门,雨已经停了。站在水洼中
她的躯体渐渐醒来,恢复了勇气,开始呼吸。
黎明,这巨大的操场
渐渐充斥着孩子们的嬉闹、追逐,欢声笑语中
红旗飘扬。少先队员正整齐地,列队
举手,向天空敬礼。

拆迁

空房子要求从顶层
回到地面。
孩子哭闹着，想要把脸上的硬壳
掀开。大人们面面相觑
并不曾错过
分秒必争的合同，黑色字迹
缝住闷热的边界。
鞋底要求裙沿再度吻合凉风
所吹拂的高度；草帽
要求刚好遮住面孔。
铁钎倚靠在一边：
自认为打磨过街头革命的砂轮
得以无孔不入，仅凭
雄性的野蛮，
洞穴就会分娩。
进出于楼梯口的老者，要求喉结
改变吞咽的习性，吐出浓痰
将肺叶迁徙至舌根。
餐桌上的碗与筷要求逆时针排列，
以回到零点——
他赤身裸体的夜半，废弃不用的阴茎
下垂于掌中。

或许有一个粗大的夜晚

或许有一个粗大的夜晚更适合于
这些正在通宵干力气活的人们，
有一个更隐密的地点，更适合于
那些干完活的人们，他们尽量
避开车灯，在桥下的拱形空间里
没有节制地制造着一小团黑暗，
分泌出白天的那点积蓄，长叹一声
这才心满意足，对那些娇滴滴
在休息时才流汗的人"呸"一口，
顺风顺水地赤着胳膊回到广场。
我是说凤凰广场，挨着洋澜湖，
为着这片光秃秃的湖面我一直
都想着那个湖心小岛到底该归谁，
谁才能住在那个红砖瓦房里去
或者谁才能坐上湖边那条小船
拖着浪花他拍打着谁的湖面而去？
至如今这是一百万吴都人民心中
一个未解之谜，当然要去掉十个
知道任何谜底的人，这其中当然
不包括我和我所认识的所有人，
更不包括那几个正在路边闲聊
津津有味地吃着新疆烤羊肉串的人，
也不包括正在湖边叫卖矿泉水的人，
他们和我一样都曾经路过莲花大桥，
远远眺望过据称叫做兔子岛的地方，
我们的内心总有一处这么不远不近

也不要人命的糊涂账,每个人都是。
所以我今天要明白一回,总得要有个
更粗壮的理由,让那些日夜赶工的
老少爷们有点想头,倒不如开一趟班船,
在那里搞个地铺,每个兄弟花上十块钱,
就能带媳妇去那里度过十五分钟的假期,
有伢的带个不懂事的伢也不要紧,反正
那里四边环水,动静再大点也没有关系。
到处都在搞配套设施,我觉得这个设施
至关重要,因为它关系到一个粗大与否
粗壮与否和坚挺与否以及长久与否甚至
和谐与否的问题,这个设施应该是属于
基础设施,可以在每个人的混凝土深处
打下一根相当于顶梁柱的 25 号螺纹钢。

一个城市有了它的坐骑

首先会是一座游乐场。如你所愿。
有了它的座骑,晃动,或是漂移。
在酒吧里转动它的轮子。
与别的力量,生产的力,排泄的力
以及鼾声较劲:与反驳的音调。

开始启程。
一个善于服装搭配的女学生
首先会有一个鱼缸。
用两条金鱼打量世界,趁着光线。
一只兴奋,一只沮丧。
她将陷入三角债,在父亲与情人之间,使出
全副身段——
把水杯打翻,下一个还很幼稚的决心。
她已成人。往身上拍打水藻。
挥动手臂,从腹部往外舀水。

卖铅笔的人双目紧闭,不安地
攥紧笔芯。
首都已停止使用纸张。
树木码放在城外,听候发落。
启程了,我们捧着盒饭,搭上南浦路的光明地铁
腰间别着生锈的钥匙,哼着小曲。
和几个流氓一道撬开啤酒:
含混不清,仰头痛饮!
从这里到武昌将是一路顺风,

从这里到北京将是一路顺风！

好在我们都会路过一个村庄。
那里摆放着每个人的盒子。
那儿，我们把它摆成梯形，并踮起脚尖。
那儿的人们早已经满头白发，守着一座学校。
守着课堂上，一个偷偷逃学的孩子
他发霉的一生，成为岁月暗自发笑的虫眼……

他们的汗水终将注入江河

无论多么曲折，
他们的汗水终将注入江河——
这是太阳答应他们的。
这也是月亮答应他们的。

无论多么遥远
公路终将翻过山顶。
一声咳嗽，把夜晚的浓痰咳出肺叶。
送行的人终将赤身裸体，无论皮肤多么厚重
他们的肉体终将翻卷，敞开
连同那些令人羞耻的脓疮，癣斑——

会有一把斧头睡进棺材里，
偏执，顽固，坚不可摧地死去。
会有雨在月亮底下不停地来回冲洗。
会有高亢的啼哭再一次闯入平静的黑夜。

风筝

"开门,开门!"小女孩站在晴朗的天空中。
她看不见她的花裙子。她只听见
一只高举的手臂。
她还如此幼小,没有照过镜子
甚至还没有学会静止不动。

自行车

大雨落下来时，自行车没来得及
推到屋檐下。
它浑身油污，很久没有擦拭，座垫已经松动。
骑着它，我每天可以早睡半个钟头。
现在，它挂满水珠，浑身透湿
只有轮胎的内壁是干的。
它斜倚在自己的腿上，龙头歪向一边
有那么一刻想从雨中逃走。
它被摘掉铃铛因而毫无声响，
但它尝试过——
这个念头使链条锈迹斑驳，雨滴彻夜不眠。

一种生活,欺负了另一种生活

东港的梨树开始挂满果实。
编织竹筐的人,开始有了
一个椭圆的念头。
他的手指被烟头烫伤。

坐在石磙上,篾刀起落。
楠竹解开纽扣。
双脚在火里,而
手指已经沸腾

谁?
为什么?
怎么会。
村口的大路在他手中转弯。

老人诅咒着,稻田干裂。
布谷鸟躲进枕头里。
他编织的深坑
沁出井水

当年,一个年轻人用拳头
狠揍了另一个年轻人。
一种生活,欺负了另一种生活。
如今,两种生活都陷入绝境。

两种竹筐都无人问津:

编织的,未曾编织的。

此时盛装,彼时渗漏。

他的手指已将风筝点燃。

在蚂蚁的队伍里

在蚂蚁的队伍里。
搬运,研磨,在簸箕边缘。

茅草已摔打整齐,来年的谷穗已含浆。
石碾废弃不用,如释重负。

夜晚,缓慢地搬开月亮
这凸起的眼球。

母亲,你摸黑小心翼翼地摘下
风干的葫芦,里面盛满飞鸟掠过的凶兆。

你节省的棉油只点亮过一盏油灯。
庙檐下有人在说来年。

来年的稗草齐腰深,淹没田埂。
你的赤脚来年要在火上走

你的苦还没有吃够。
过冬时你积攒下的孩子已被田鼠剥空。

春天，一座发烫的监狱

春天，一座发烫的监狱。
暖风吹拂你我的罪行——

一枚叶芽。
一句有待申诉的辩词。

"必须和影子在一起。"
面对脚镣与花瓣

陷入两难。
汹涌的麦浪之间

燕子，两个黑色的疑点
相互撞击，发出陶瓷的光泽

是果核。
是切开原野后赤裸的籽粒

扑闪着翅膀。
审判者披着一件人质的衣裳

要求你躺下，接受
一个装满祖先的匣子

和一枚填充孩子的子弹。
罗列罪名的时刻到了

天色将晚。
在脸上刻下疤痕的时刻

剥开梦境，在长港河的两岸
用锋利的弯月——

用一只未经擦拭的断指
照耀你残缺手臂的枝梢。

持续的刀柄

那个夏天我站在屠宰台前。
身边几个下手，分别烧水，褪毛，替我卷袖子，磨刀。
面前倒挂着白色的肉鸡，它们已经安静下来。
红色鸡冠最后一次充血。
在一万只任人屠宰的
肉鸡心中，有一万个屠夫。
圆睁的小眼睛，打量，我成为舞台剧的主角。
它们期待我的刀磨得更亮，更锋利。
动作更流畅，自然。

第一刀是割开它的喉管。
血喷射如一束黑色的光。
扔进生锈的铁桶，里面，翅膀弹奏着桶壁。
直到再一次安静下来，悄无声息。
那一万次的侧目累积成一盏无影灯，
一万伏高压通过心脏的钨丝。
褪去它身上的羽毛，赤裸着
如同手术台上的病人

我感到窒息。仿佛进入了一个
埋藏财宝的洞穴：未经允许，心怀愧疚。
我抓住手中的刀柄，不断划开珍珠项链
或者，撬开木箱，泼洒出
那些沉默的银币，那些沉默着光芒黯淡的宝石
那些无法捧起来的，沉默的金沙
还有一触即毁的，沉默的字画

93

我机械地重复着,割开它们的胸脯
它们的翅,腿;斩断它们的爪尖
以迎合舌头的柔软。
我将宝藏重新打散、分配,化整为零。
那些吃下它们的唇齿也必将沉默;
那些不为人知的财富注定要重新坠入无边的黑暗。
在某个一无所获的清晨我终于结束了使命——
那个在红花与绿叶间
洗濯双手的人,是我。

缓慢

阻止一切。
不顾一切——
晚宴,吃剩的残席
更令人信服,自然。
光鲜的邀约我已经厌倦。

绿化带,树梢屈服于
风的压迫,温柔地坚持着。
路灯再度稀释了空气。
夜与昼的摩擦,深入地
彼此镶嵌,浇铸。
胸腹,填埋着
呼吸之石。

失去听觉,堵住了大脑的泉眼。
你在井中,我在海水中。
你如此淡,而我如此咸——
雨水再度编织起内心的栅栏。

更为缓慢的是城墙后的固守
和昏暗中展开的密信。
时间属于死者,尤其是
死后要由他自己抽出身上的箭矢。

如何,放一尾鱼在你我之间。
如何,我以心脏供奉铁蹄。

如何，你从筋骨中抽身
骑上一截婴儿闪电。

醒来

此刻，寂静的街上，冷风不得不
吹过那些闲置的子宫。
她们的枝叶，低矮、零乱，缺乏整体的美。
要么静止，要么匍匐。
那内心的不安泛着白光
在几处水渍间。

我需要安慰，但此时更愿意去安慰。
下一场雨向她们取暖。
曾经的青铜外衣
此刻已经一抹灰绿。
花瓣完全沉浸于柔弱与哭泣

她们身上残留着农药的气息，
口红与准星的残忍。
我拥有的一切道德就是那不够完备的嫖资。
那些零钱令我挣扎，羞愧：
倘若她交出的是一具完备的肉体

我已经攀爬上白色发梢。
遮掩住面孔就能够遮掩住
疤痕，在黑暗中。
唯有植物的内心才能承受住黎明：
每次醒来，唯有她们的果核里才能再次抽出
那把锋利的匕首——
这已经开败的衣冠冢。

落日

余晖。守夜人的黎明。
冰冷的星座,倾泻而至。
天空卷起刨屑,苍穹之下
万物将再次领受星光的酷刑,日复一日。

何其遥远,昨夜的灯火,囚禁于卵石内的
掌灯者:何其孤单,聆听沉默的天赋有如残烛
被清洌地冲刷,敲凿
浮现婴儿的面孔时,又何其失落

黑暗中,剥离光明的时间将永远弃置
弥散着一股青草的气息。
那双手从不知疲倦,有如
这垂直而轰鸣的银河

我们安居于此,对自由的狂热渐渐冷却。
每一位母亲都将是专制者。
一个饥饿的童年将是
一条最牢固的锁链

贯穿脚镣响彻的诗篇。
鱼群开始游向
没有鳞片的上游。
追随那个光头的小男孩越游越远。

结束语

在流逝中坚如磐石。

清晨，我往井里挑水
欲填满，细小却无限的干涸。

美与痛的弹奏
——对蟋蟀《故乡山》一诗的悟解与析读

牛 耕

故乡山

今夜,月亮记住了每一棵树的名字:杨柳,苦楝,桑。记住了
粗糙树皮下酣睡不醒的虫卵。
记住了一只鸟,它没有巢,尖叫声狠狠抓破了黑夜的脸,但月亮
无所谓,只是轻声说:我记住了。
记住了一面墙,和砖块里烧成白灰的田螺。
还有你,脸上的三道疤痕。

瞧,你的双手,每一个指头都有它的去向,它的姓名。
和远处的屋檐一样,它们住着一截骨头,几根
一碰就会尖叫的神经。
它现在在你的身上,就像砂石在路中央
为了辗平它不知磨损了多少车轮。

我从来不记得鱼。因为它一直在水中游,在沟渠里,在自己的鳞
　　片深处。
不记得哪几盏灯火比倒影先熄灭。
父亲变得又聋又瞎,像一把用钝的铁锹,靠在墙角。
我不记得狗吠声是由近而远,还是由远而近。
村外的棉花都白了,揣着温暖的棉籽。
露珠在地里沙沙地走来走去,茫无头绪。

我已经不记得那些喊过的名字,它们像河水被一张张面孔舀走。

在废弃的码头边,一个矮子和他的绰号还
孤零零地挂在树上。
身后,蛛网一节节地拆散。
故乡山越堆越高,那么多的月光夹进岩层,那么多白霜。
而我的遗忘也未能使它停歇:
草尖正慢慢向外刺伤我的皮肤,又老又丑。

一、引言

　　对于蟋蟀《故乡山》一诗,先后有罗傲鹰、看山望水等诸位方
家作出评析,读之引发颇多启迪和思考,经过一番梳经理纬、穿
针引线,遂成此文。按照"有一千个读者就会有一千个哈姆雷
特"的说法,本文重在参与,志在抛砖,"相与析"、"细论文"之意
已含寓其中。以我之愚陋,"悟解与析读"往往沿着内禀随机性
之超弦,弹奏成真正的"误读",所以对《故乡山》美的公约数,哪
怕能廓之万一,既已心满意足矣! 贴出之时,心怀惴惴,诚期诸
位方家的金玉之言及醍醐之醒。

二、关于诗的结构问题

　　阅读《故乡山》时,我常想起诗人臧棣说过的一句话——

　　对意境的追求,源于诗人相对静止的结构感。这在古典写
作范畴中,很容易受到相对封闭的社会结构和文化形态的驰援,
并磨合成一种完美的诗歌系统。但是,在现代这样的历史形态
中,充满了变异与动荡,诗人的结构感主要是建立在对节奏的敏
感之上的。也不妨说,大多数时候,在诗歌的现代抒写中,诗歌
的结构感实际上已悄悄转化为灵活多变的节奏感。甚至,在有
相当长度的现代诗中,诗歌的结构也主要是依据节奏来构筑的。

　　　　　　　　　　　　　　　　　　　　　(摘自《出自固执的记忆》)

《故乡山》的书写，在我看来，几乎就是臧棣这个说法的一个典型示例或一个完美注解，质言之：它不是一首"乡土诗"，而是一首"现代诗"。或者说，蟋蟀对于《故乡山》结构的组织和推进，恰恰不是以意象为核心，尤其是"用月亮/月光这个主意象为核心进行营造/建构"的，而是以"灵活多变的节奏感"为核心进行营造/建构的。而这，正是《故乡山》在诗体形式上，与看山望水提供的副本差别之所在。

因此，在我看来，看山望水提供的两行一段、每行字数差不多的较为稳定和刻板的副本形式，有类于古人"鸡声茅店月，人迹板桥霜"式的结构编排和意象铺陈，更多地呈现出如臧棣所言的"源于诗人相对静止的结构感"所产生的"对意境的追求"。从"相对静止的结构感"出发，去阅读蟋蟀的《故乡山》，在我看来不仅会给看山望水，而且会给所有持此角度的人，带来的第一感都将是"形式散乱，句子铺排随意。"而事实上蟋蟀却从此角度移/逸开了，迁/潜入了一个言说更为有效呈现更为准确的角度——节奏感，来组织和推进诗的结构。对此，看山望水事实上已经在自己的文中——"奏出的是故乡的琴音"一句，以及"气氛/语调/节奏的营造也是不能忽视的形式部分。……好诗的好是各种要素统一性生成/合成效果，如同交响乐"一句——都作了交代，露出了端倪，只是没有充分意识到此一角度并沿此角度展开论述而已。

《故乡山》一诗，在看似散乱而随意的词语和意象组合形态中，有着严谨、细致而多变的节奏编织，以迷人的节奏感（音乐性），深深契合着文本所欲呈现的人的"现代性"处境；或者说，蟋蟀以结体的散乱服务于节奏的变化，才纲举目张，将故乡（物质和精神双重意义上的）回忆的亲切感、故乡沦失的沉痛感、故乡持守的虚无感等诸种复杂况味，得以形散而神不散地交织一体并使之纤毫毕现。为节约篇幅，得其精要，我仅对该诗前两行，和最后两行，做一下节奏上的悟（误?）读，有兴趣的读者可以做全篇的深入细致的悟读。

诗的前两行如下：

> 今夜，月亮记住了每一棵树的名字：杨柳，苦楝，桑。记住了
> 粗糙树皮下酣睡不醒的虫卵。

在节奏上是缓（第一行，多顿）疾（第二行，少顿）结合，慢（第一个"记住了"，与后面的"每一棵树"之间，有一个小的词间顿）快（第二个"记住了"，与第二行的"粗糙树皮"之间，有一个大的行间顿）呼应，并藉此把诗行的长短（视觉）、声韵的抑扬（听觉）、词义的正反（意觉），统一转换并纳入一个大的节奏感中，串联并推动诗的思维流向和意蕴空间不断地进行填充和调整，并扩展到段以及段与段之间，形成整首诗细腻、深沉、温馨、悲惋的独白气息，更深地呼应着"故乡"一词所承载内涵的回忆之切、沦陷之感、失去之痛。

这两行诗中，依附在节奏感上，还有几处微妙的呼应和有趣的对比。如第一行中的"苦"字与第二行中的"粗糙"一词在字/词义上的接应，第一行中的"记住了"与第二行中的"酣睡不醒"在内涵上的背反，第一行中逗号和句号对于"杨柳""苦楝""桑"的分隔，接应了前面"每一棵"的含义，第二行不在中间插入任何标点符号，用字词的不间断行进形象化地暗合于"不醒"之义，如此等等，均恰如其分地扩充了诗意的张力空间。

诗的后两行如下：

> 而我的遗忘也未能使它停歇：
> 草尖正慢慢向外刺伤我的皮肤，又老又丑。

这两行诗，在节奏上与起首的两行做了顺序的颠倒，即疾（第一行，少顿）缓（第二行，多顿）结合，并与起首两行的缓疾产生长距离的呼应，形成一个完整的正、反、合的节奏变化过程，隐喻着对于"故乡山"这一主题认识的辩证的深入和扬弃的完成。

更为重要的是：这种节奏的相互接应和丰富变化，在与词语/意象的擦拭和碰撞中，产生了更为深刻的节奏力量和人性内涵，更加无形而深入地拓展了诗的意蕴空间。

可以举出两处比较明显的例子。一处是"也未能使它停歇"，词义上的延展（未能停歇）却遇到了节奏上的截断（停歇，要转入下一行），这种无法解决的"悖谬"，深刻地揭示了"故乡"的存在是一种纠缠无解的死结般的现代性处境——活着，还是死去，都是一个问题！

另一处是前一行的"遗忘"一词，与后一行的"刺伤"一词，通过押韵形成了节奏上的感应和词义上的对比，暗示一种意识/潜意识，或者潜意识/无意识之间的尖锐对立无法调和的状态。在"遗忘"中，"草"作为"故乡"的价值碎片和形象元素，仍然在缓慢而无形地增殖、迫近，直至"刺伤我的皮肤"。后面的"又老又丑"，隐喻着这些价值碎片和形象元素被社会/他人弃绝的状态，更加反衬了"伤"只有自我承受而无法与他人分担的孤立无援之境地。自我的伤之切、伤之痛、伤之无言、伤之无诉，在最后一行达到了让人触目惊心的程度！

不惟如此，对自我所受之"伤"的情态解悟，至少还存在这样两处线索：一是最后的"又老又丑"，在语式上接应并暗合于倒数第三行的"越堆越高"，更加凸显了"故乡"所携带的价值碎片的顽强复活和形象元素的有力增殖，对于自我的挤压和拍击之强烈，几无立锥之地，伤之深、伤之大、伤之弥漫、伤之无尽之感，流溢字里行间；另一是最后一行诗迟缓的语速和缓慢的节奏，更为深刻地暗合着"伤"的无形累积和"伤"的无处诉说之形态，实现了内容与形式的高度统一和相互强化！

仅以此对前后四行诗的节奏悟读来看，我觉得，蟋蟀对于诗的节奏感的把握及其人性内涵的呈现，已臻纯熟圆润之境且具自成一格之美。

从整首诗的音乐性结构来把握，《故乡山》的写作，呈现出客体/主体或者集体（无意识）/自我或者见证/遗忘两种叙述的声调,由此形成了较为明显的双声部"复调音乐"。一个声部以"记住了"为主旋律进行弹奏,调性为美和温馨,流溢着源自骨血里的不灭的家园记忆;另一个声部以"不记得"为主旋律进行弹奏,调性为痛和忧伤,散发着来自现实里衰颓的家园印痕。每个声部的节奏、力度、强音等不尽相同而且各自具有独立性。在弹奏的推进上,两个声部之间有着细密的织构和深刻的呼应,彼此形成良好的和声关系。在倒数第三行——"故乡山越堆越高,那么多的月光夹进岩层,那么多白霜。"——两个声部交织成"高潮"。其中的"夹进"一词,有类于白居易《琵琶行》诗句"银瓶乍破水浆迸"中的"乍破"一词,在词义与效果上,当如蟋蟀自己所说的"记忆有如不断层叠的化石,最终垒积为自我的精神矿区",象征着"故乡"在美学形象上对于自我的顽强塑造和彻底征服。其中的"白霜"一词,既承接于第三段的最后一行诗"露珠在地里沙沙地走来走去,茫无头绪。"又同频共振于古人"露从今夜白,月是故乡明"(杜甫《月夜忆舍弟》)、"床前明月光,疑是地上霜"(李白《静夜思》)的深刻经验,传达出中华民族所独有的故乡记忆和情感附着。

通过融化于身心的湛绝技艺,"美"和"痛"的声部/主题,像黑白键的自然流淌,在蟋蟀手下深情地弹奏,通过两个声部的对立、交织、对话、争辩、呼应、转化……最终,两个主题融化成一个主题:美即痛,痛即美,"故乡"是永恒的美痛!《故乡山》的深刻寓意和最终主旨,当作如是观。

也许,需要说明的是:现代诗的节奏,似乎不像是古典诗顿挫的严格区分,也没有像西方较为成熟的音步理论,其实践大多转换成一种呈现节奏感的语感,并将词语节奏的获取和训练等同于对于人性处境的洞察和呈现,一如诗人孙磊所言:"细致地打开每一个字词的身体,要细到它们的脉搏,听到那些令人激动的节奏,那一定与我们的人性有关。是的,将词语具细到与我们的血肉产生联系的地步才能获得自足的内心态度。"(《词语具细与意义折射》)正是基于此意,我认为对《故乡山》一诗节奏感的把握,不能抛开蟋蟀"将词语具细到与我们的血肉产生联系的"对于人性处境的长期体验、洞察和思考,而成为单纯的外化于人的言顿区分或音步确认。

事实上,我感觉到,现代诗正是在词语泅渡或穿越于人性处境/集体无意识的广阔内海时,才被赋予意义并获得节奏感的。或者说,诗人通过节奏感去组织和完善诗的形式时,会有更多先验/无意识的驱力成分参与进来,力求抛射出更多粘附着人性真实境况的词语露珠。就无意识的参与而言,它是神秘的;就词语对人性境况的呈现效果而言,它又是朴素的,直接融汇于诗人的日常修为。例如,通过《故乡山》一诗的节奏领悟,我总能感到一股清澈、沉潜而静穆的气息,既支配着蟋蟀深情地弹奏和诉说,又引领着我们突破现实的强力秩序,去触抚和感应一个更高位格的存在,并在其间传递思之深,呈现意之美。而做到这一切的,我揣度皆来源于蟋蟀朴素持久、内敛细致、自尊自励的诗与人合一的"日课"习练。

总括以上,就现代诗的艺术性解读而言,很多时候,节奏感(音乐性,诉之于听觉,追求的是变化)往往是比图画感(美术性,诉之于视觉,追求的是意境)更为真实更为内在的反映了人的现实处境和精神境况;或者说,图画感往往要依附在节奏感之上才产生意义并获得解放。以人体做形象的比喻,节奏感是血液或神经,图画感是形体或衣服。那种连横(图画感)弃纵(节奏感)、扬视抑听的解读模式,也许是舍本质之血而逐形体之末,或者是昧于表层之美感而失于深层之律动,对此,不可习焉不察也。

三、关于诗中若干意象/词语的解读

记得在一篇访谈中,孙磊曾有过如下之言——

我从不喜欢将过多的经验的含义一并赋予我笔下的意象,意象是需要经常修剪的,让它在剪掉的地方再长出新枝来。因此,常常我的意象是即时的、触手可及的。这与我对这个意象的理解关系不大。但它生发出的包含旧有的和新的丰富的意义节点,是我乐意看到的,那是诗歌无限延展的巨大魅力。

(摘自普珉对孙磊的访谈)

这说明,对于诗人而言,其笔下同一意象,在不同作品中往往也呈现不同的涵义。这些不同的涵义往往要通过修剪痕迹的辨认和作品语境的落实,予以提取和解悟,并在关联和贯穿中找到不同解和公约数。其实这意味着,我们只有在诗人大量作品的阅读中,在一种互文性语境的体悟中,才可以揣透和坐实诗人笔下的意象之深意。有鉴于我对蟋蟀诗作所读不多,以及时间有限,所以对《故乡山》一诗若干意象/词语的意涵解读,更多地不是在蟋蟀的诗与诗之间的互文性语境中进行,而是在《故乡山》一诗与"现代性"之间的互文性语境中进行。我知道这意味着解读风险的加大,所以诚请读者原谅,更恭请方家教正。

1. 关于"现代性"

在《故乡山》一诗中,"现代性"处于一般意义上的悬置/空无状态,即从直观阅读感受上它是乡土诗、农村诗,似乎与"现代性"内涵不搭边。但正如蟋蟀自己所说过的:"为改变对农民之感观,我努力引入西方对个体价值的彰显,突出农民在社会、自然、自我三者间的平衡之道,以呈现农民迈向公民的现代性。"正是这种贯穿自我的身体力行的农民/公民的对照体验、对比思考和对等关照,事实上深刻地彰显了蟋蟀诗歌的现代性。在我看来,《故乡山》一诗,只有置放到现代性语境里,或者把现代性语境作为该诗的元叙述语境来看待,才可以触摸到其真实的脉搏和卓异的价值。

对于"现代性"的内涵,我既没有能力,也不想做掉书袋式的引用和阐释,在此,只是简单地给出三个引征——

A. 尼采:"上帝死了!"这是工业革命以降人类的普遍生存图景和精神图像,意味着诸神的远离,新价值的寻找和评估,以及含寓其中的诸种中空、悬置、分裂和自否状态。

B. 波德莱尔："现代性就是短暂、易变、偶然，就是艺术的一半，而另一半是永恒和不变。"这意味着现代性既挣扎于浮华和泡沫中，又向心于永恒和不变里。

C. 高更："我们从哪里来？我们是谁？我们往哪里去？"这是所有人生的"天问"，一切文学/艺术的价值所系、力量所在和意义所归。

作为一个曾经为数千年的农耕生活，提供了文明样式和价值典范的当代中国乡村，在现代化持存话语的强势席卷和胁裹中，在工业文明工具理性话语的高压统摄和挤榨中，在商业消费话语的全面粉化和吹塑中，只剩下一个孤零零的存在，成为一个被垂怜和待改造的符号，不再为人生提供充分的栖居意义和必要的劳动价值，不再为生活提供鲜活的美学样态和足够的伦理支撑。"现代性"在当代中国乡村压倒性的拓殖和增生，所带来的结果是：故乡虽犹存在，但家园感却已无有；山虽仍是山，但不再提供庇佑；自我虽还求索，但"长亭连短亭，何处是归程？"……

正是在此现代性背景下，诗人敏感于那"压倒性"所带来的摧毁和荒芜以及感同身受的痛苦和无奈；诗人更在那"短暂、易变、偶然"的一半沉陷中，聆到了那"永恒和不变"的另一半的深沉召唤，惊醒于其美学形象的顽强复活和强烈更生。《故乡山》由此"出世"，浓缩着当代中国乡村衰与荣之全息，交织着诗人美与痛之变曲。如果把波德莱尔和高更的话，置入前面对《故乡山》音乐性结构的解读中，该诗的"现代诗"定位，就更能准确而深刻地体现出来——"美"的声部（主题）呼应于波德莱尔"另一半是永恒和不变"的断语，也呼应于高更"我们从哪里来？我们往哪里去？"的追问；"痛"的声部（主题）串联于波德莱尔"短暂、易变、偶然"的一半之警寓，也串联于高更"我们是谁？"之质询。两个声部的对位性弹奏，把人的生存处境之真、美痛感受之实，展示得曲尽其妙、淋漓尽致。

统而言之，不仅《故乡山》一诗，蟋蟀的所有诗作，都是他站在现代化悖论的巨大黑箱和凛冽风口上，所做的深入持久的观察、思考和呈现。其诗作所揭示的"现代性"命题之深刻，以及所展现的"在内心深处，为现实、自然、自我三重扭力而触摸到生而为人的痛楚"之真切，其诗作伦理承载的力度、精神拷问的强度、美学呈现的高度，都为我们时代的疑难书写，提供了思考力和想象力上的优秀样本和卓异品质，其意义和价值应为我们充分察觉和深刻感受。

2. 关于"月亮／月光"

月亮是别在乡村的一枚徽章。

城里人能够看到什么月亮？即使偶尔看到远远天空上一丸灰白，但暗淡于无数路灯之中，磨损于各种噪音之中，稍纵即逝在丛林般的水泥高楼之间，不过像死鱼眼睛一只，丢弃在五光十色的垃圾里。

由此可知，城里人不得不使用公历，即记录太阳之历；乡下人不得不使用阴历，即记录月亮之历。哪怕是最新潮的农村青年，骑上了摩托用上了手机，脱口而出还是冬月初一腊月十五之类的记时之法，同他们抓泥捧土的父辈差不多。原因不在于别的什么——他们即使全部生活都现代化了，只要他们还身在乡村，月光就还是他们生活的重要一部分。

禾苗上飘摇的月光，溪流上跳动的月光，树林剪影里随着你前行而同步轻移的月光，还有月光牵动着的虫鸣和蛙鸣，无时不在他们心头烙下时间感觉。

——摘自韩少功《月夜》

韩少功的以上解码，深刻传达出"月亮／月光"对于乡村生活的重要意义，它甚至是中华民族最为重要的传之久远的记忆基因、情感元素和美学形象——那些浩如烟海的古典诗词，如果缺少了它的眷顾和照临，是否还能独成瑰宝?！它也当然在我们缺月的现代生活里悄悄潜藏和不断逸出，以至于看山望水一阕《故乡山》，就能觉出"事实上本诗写的完全是月光下的村庄"，"主意象是月亮/月光"，我相信这是他意识深处记忆基因的复活和情感元素的涌溢使然。从相对静态的结构来解读，说"主意象是月亮/月光"未尝不可；如果考虑到前述的动态的节奏感或音乐性，说"月亮/月光"是"美"的声部弹奏中流淌着的视觉形象，或者是附着在"美"的声部节奏中的意象联想，如同韩少功这段文字的加粗部分，也许更为准确和恰当。

以"月亮\月光"入诗，进而将"月亮\月光"与故乡发生关联，表达思乡、念乡、怀乡之情，古今皆然，几乎成为中国文人集体无意识里的"原型"。尽人皆知的万口相传的李白的《静夜思》，当为典范——

床前明月光，疑是地上霜。
举头望明月，低头思故乡。

"疑"的徘徊状和"霜"的冷冽感，几乎为所有的"月亮/月光—故乡"诗做了缠绵/忧伤的情感基调定位，并形成稳定的传承。到当代，甚至那些缺乏乡村生活经验的诗人，也仍然能够从其诗作里觅到明显的踪迹。如西川的《七个夜晚》——

怀乡的大钟不敲自鸣
怀乡的男人忧郁成性
最奇怪的事，莫过于就在家乡
油然而生一种思乡之绪
仿佛我们已流浪多年
忽然想起一条熟稔的月光小径

· · · ·

我曾说过"大师都是提取集体无意识最为浓烈最为富硕的一类人"，西川自不例外，"油然而生"也许是对于"故乡"原型提取机制的直观表述，而将"思乡之绪"与"月光小径"做情感和意象上的关联，则是集体无意识支配诗人的具体体现。当代诗人与古代诗人最大的区别就在于：伴随着工业文明的推进和城镇化进程的加快，当代诗人进一步脱离了"故乡"的原态感和物态感，而使其只成为"精神家园"的一个指代；或者说，"故乡"一词在当代诗人那里，进一步扩大了能指与所指的张力空间和分裂力度，凸显了写作的不及物性。西川的"最奇怪的事，莫过于就在家乡/油然而生一种思乡之绪"这两行诗，在蟋蟀的《小于夜晚》一诗中得到回应——"总有什么越损伤，就越丰满。/心也是这样，无法退却。"两人共同传达出这样的信号：那"短暂、易变、偶然"的一半愈是沉陷诗人，诗人便愈是追寻那"永恒和不变"的另一半。《故乡山》事实上也是在这种心理机制中破土而出。

《故乡山》中的"月亮/月光"，就其对人的情感朗照和心灵抚慰的大悲情而言，确如看山望水所言"月亮应该做悲悯的关照的'他者'来看"，因此"不能'无所谓'"。这诚然是对的。我对此的进一步理解是：如老子所言的"将欲歙之，必固张之；将欲弱之，必固强之；将欲废之，必固兴之；将欲取之，必固与之"的辩证法，此处的"无所谓"正是此辩证法的呼应或佐证，是为了更深刻的"有所谓"（在跟着的"我记住了"之句已经做了接应和暗示）——通过"无中生有"，更加沉潜到集体无意识的内海里，让这些"月亮/月光"的记忆基因、情感元素和美学形象得到更深入的传承和更顽强的复活。这正是"月亮/月光"的辩证法和在诗中的深意所在。就"月亮/月光"的"无所谓"（无情）的一面，我们在古今的诗歌作品中，可以找出一些示例。如唐人李白"永结无情游，相期邈云汉"（《月下独酌》）的直指，以及张若虚《春江花月夜》中的意指：

江畔何人初见月？江月何年初照人？
人生代代无穷已，江月年年只相似。

此处，"月亮\月光"对人的关照，就有大道周行、不粘不滞、于人皆同的"无情"态（背后则是"无无情"的"大有情"之态）。再

111

如今人钢克《羔羊经》之句：

铺向冥界的铁轨
穿行着野花和娃娃
满月的轮锯切割
孤魂野鬼

留下一颗人心跳动

"满月"成为"轮锯"，去切割孤魂野鬼，焉能有情？（背后没有情？看那"满"字，想到中秋、元宵等节，人皆团聚，孤魂野鬼无家可归，煎熬难道不是如受"轮锯切割"吗？但这连孤魂野鬼都产生归家团聚之感，岂不愈益显示出月亮的"有情"吗?!）

《故乡山》一诗中，这种"月亮\月光"无情更复有情的辩证思想，在月亮"无所谓，只是轻声说：我记住了。"之后，紧接着的一行诗行给出了形象化的精深而恰当的演示：

记住了一面墙，和砖块里烧成白灰的田螺。

"田螺"既可以自况于某个平凡的村人（包括诗人自身），也可以让我们联想到流传久远的"田螺姑娘"的民间故事（东晋《搜神后记》）。这行诗似乎是对一段辛酸的打工生活（在他的诗作《这些年》中有所透露）或者悲惋的爱情生活的刻骨回忆，也可以与当下农村强制拆迁、城中村建设、围墙建工厂等常见行为发生关联，传递出家园受到摧残而自己无力挽救的痛切之情。另一方面，通过"墙""砖""烧"等词语，这行诗也多少隐喻着体制/意识形态话语对于生命诗意的围剿和粉碎，"白灰"之"白"喻示着自我应对的苍白无力，"白灰"之"灰"则喻示着结局的寂灭。就人所面对的非人的处境、悲而无助或苦而无诉的现实而言，"月亮/月光"自是无情（无能）的。而"月亮/月光"一旦有了"记忆"

功能（"记住了"一词在诗行的最前端出现,提示着记忆基因的转录),便产生了意识链的编排和重组,自我意识深处的各种记忆和情感,皆能穿透现实秩序的高压和体制/意识形态话语的强塑,被"月亮/月光"摄取和转录,并在更广寂的人群和更隐秘的心灵里得到回应、更生和复苏,实现对人的收寄、安抚和慰藉,如此"月亮/月光"自有大悲情。在此意义上,"月亮/月光"和"月亮/月光"下柔美的事物(如"鸟"、"田螺")、卑微的心灵(如脸上有三道疤痕的"你"),形成了月—物—人三位一体的无形而深刻的异质同构、互相充盈、同频共振、彼此抚慰,成为中华民族所独有的乡愁美学体系和情感共鸣基因。

此一行诗,上应第三行"记住了一只鸟,它没有巢,尖叫声狠狠抓破了黑夜的脸"之句,下启第六行"还有你,脸上的三道疤痕。"(请注意这里的"疤痕",意蕴丰富),彼此串联呼应,把"月亮/月光"无情更复有情的辩证思想,以"记住了"的手法,形象、深刻而又不动声色地挖掘、弹奏了出来。

3. 关于"鸟/鱼"

诗中第一段第三行,有"记住了一只鸟,它没有巢,尖叫声狠狠抓破了黑夜的脸"字样,第三段第一行,则为"我从来不记得鱼。因为它一直在水中游,在沟渠里,在自己的鳞片深处。"在这两行诗里,分别出现了"鸟"和"鱼"的意象,应该是对于自身境况的隐喻。

倦鸟投林,夜鸟归巢,此乃物之常态。无巢之鸟发出尖叫,完全打破了鸟鸣山幽的本然和谐状态,一种家园无有、何枝可依的惊恐和挣扎之态,狠狠地抓破了我们的心。和下一行诗中的"轻声"相对比,"尖叫声"更增加了自身的绝望含义。在看山望水的评析中,他更倾向于"'一只鸟'换成'一群鸟'以指代农民。"我想说的是:这里的"一只"也许是将群体微观缩放到其最小单元,以对其命运的揭示来指喻群体命运的一种艺术考量模式,其构建诗意的基点在于:用"一只"的孤单渺小状与"黑夜"的广大无边状形成尖锐的对比,更加凸显个体在滚滚的时代洪流和强大的现实压力面前的渺小感、无助感和绝望感。另外,这里的"只"不但具有量词含义,也隐含了"形单影只"的形容词含义,因此更能呈现出个体的孤独无依的复杂况味。再者,从语境营造的角度,这里的"一只鸟",上承第一行的"每一棵树",下启第五行的"一面墙",均微观缩放到最小单元发力,是前述的艺术考量模式的递延和深化,因此对于语境的精心推敲和扩充增殖起到了关键的不可替代的作用。如是看来,我更倾向于保留"一只鸟"之原句态。

对于诗中"鱼"的书写,罗傲鹰有着敏锐的直觉和良好的判断:"这两行,书写鱼,自由的隐喻,但自由总是脆弱的。"(实则"一行",作者注)确实如此,它既承启于古人"鸢飞戾天,鱼跃于渊"(《诗经·大雅·文王之什·旱麓》)之辟语,又印证于民间"鸟在天上飞,鱼在水中游"之俗话,都是对某种自由征象的提示。"我从来不记得鱼"一句,状语"从来"的置入,尤言人的自由丧失已久且程度之重。下一句"因为它一直在水中游,在沟渠里",和前面分析过的第一段的一行诗——记住了一面墙,和砖块里烧成白灰的田螺。——形成了阅读观感上的对照和呼应,动词"游"与"烧"、名词"沟渠"与"墙""砖"的对应,提示着自由—禁锢的对立状态,更隐含着对这种对立状态的自然—人为的深层成因的无形揭示。

这行诗的最后一句"在自己的鳞片深处",其准确的义涵似乎不易测度。从百度搜"鱼鳞的作用",有如此回答:大多数鱼类,全身披着宛如铠甲的鳞片,而鳞片有三方面的功能:(1)在鱼肚部的鳞,银光闪闪,能反射和折射亮光,犹如一面镜子,从而使底下凶猛的水生动物炫目,产生天水一色,不辨物体,成为天然的伪装。(2)鳞为鱼体提供了一道保护屏障,使它与周围的无数微生物隔绝,有效地避免感染和抵抗疾病。(3)鳞为鱼的一层外部骨架,使鱼体保持一定的外形,又可减少与水的摩擦。以上三条释义,可归结为"鳞片"是鱼的自保护组织,"深处"则有本源、中心之寓。引征到诗句中,应该更多地含寓着默守自由的本义之意味。如果与前面的"在沟渠里"串解起来,则前一个"在"更多寓示着自由的外部条件,后一个"在"与此相反,更多寓示着自由的内部要求,两个"在"的结合才获得真正的自由。(在两个"在"之前还有一个"在水中游"之"在",这个"在"是鱼生存的最根本的条件,类似于人和空气的关系,与"在沟渠里"之"在"所强调的内涵应有所区别。)通过围绕"鱼"的意象构建,本行诗恰切地为我们揭示出"自由"的深度义涵,也隐映出人在自由的两个向度上皆有的毁损或缺失。

统观起来,通过"以物观我"的"鸟"的意象书写,言说了人的自由丧失之秘密;通过"以我观物"的"鱼"的意象书写,揭示了人的自由丧失之真相。这些不同的叙述角度,巧妙编织并恰切呈现了人的自由处境的沦丧和空置以及与之相关的存在意义的破损和倾斜。

4. 关于时间感觉的烙印

"故乡"内涵如此之深厚,渗入每个人的骨血和记忆,成为生命和精神的组分和构成。尤其是,中华民族的"故乡"承载了数千年农耕文明的价值基核和物像全息,她在时间维度上便成为中华儿女的"祖母"形象。如同"祖母"的白发、皱纹、松弛的皮肤和蹒跚的步态,时间的烙刻给"故乡"留下的印迹,一定饱含与时间深度相称的沧桑感和风霜感。蟋蟀深谙此理,《故乡山》一诗,暗合着一种塑造"祖母"形象的手法,对语境的营造或氛围的衬托展开精致细心的组织。

这种塑造,大致分成气息和词语两类,或者说,用气息之虚衬出"故乡"应有的沧桑感,用词语之实塑出"故乡"应有的风霜感,虚实结合、虚实相生,乃有深入骨髓的"时间感觉的烙印"。对于气息的营造,配合着节奏感的解读,前述大致都已分析或说明,美和痛的感触,细腻、深沉、温馨、悲怆的语调,均指呈一种"沧海月明珠有泪,蓝田日暖玉生烟"或"已见松柏摧为薪,更闻桑田变成海"式的沧桑感或阅历感,此处不再展开讨论。下面重点对于词语所塑造的风霜感进行解析。

115

词语又可分为形容词、名词和动词三种,分别利用其词性的附着力、纵深性和重量感,来细密形塑"故乡"的风霜感。在形容词的择取方面,蟋蟀以其良好的直觉和通透的悟性,拿捏得恰到好处。如开篇的"苦楝"一词,虽为意指某树种的名词,但我固执地认为蟋蟀在遣用此词时,实际上是把"苦"字单独分离出来(或者说是当作形容词)来予以考量的——"苦"为整首诗的叙述做了基调上的定位,并向下面的"粗糙"、"聋"、"瞎"、"钝"、"温暖"、"茫"、"废弃"、"孤零零"、"慢慢"、"老"、"丑"等词语传递和接应,形成了极强的协同一致性和内在附着力,整体上映衬出一种鼓涨于字里行间的风霜凛冽之感。

在名词的择取方面,蟋蟀是以"月亮/月光"作为核心词语(看山望水说过的"主意象"),去衡量和统摄其他词语的穿插搭配的。诗中的"树皮"、"疤痕"、"黑夜"、"屋檐"、"鸟"、"鱼"、"沟渠"、"灯火"、"铁锹"、"棉籽"、"露珠"、"河水"、"码头"、"岩层"、"霜"、"草"等大多数名词,都显露着粗糙的词义质感和本原的物态光泽,既为了呈现乡村生活的老旧形态和自然原态,又为了与"月亮/月光"的涵义紧密衔接和互相映衬,共同体现一种穿越时空的深邃感和递呈性,意味着自我意识里故乡之美的弥漫增生和顽强复苏,是这些物像本身经风历霜的淬炼和磨砺的结果。

在动词的斟酌上,蟋蟀更多以乡村生活"慢"的价值观(区别于现代化所强调"快"的价值观)为参照,做出取舍和调整。通常是一方面考虑词的重量感,如所使用的"辗平"、"磨损"、"揣着"、"靠"、"挂"、"堆"、"夹进"等词,恰当地反映出生活的磨砺所带来的沉重;另一方面考虑词的动作感,如所选定的"抓破"、"烧成"、"熄灭"、"舀走"、"拆散"、"停歇"、"刺伤"等词,精确地映射了生命的撕扯所生出的疼痛。两个方面协调搭配又彼此混合,指喻了"故乡"在"慢"中缓缓渗溢的美和痛。

综合起来,一种极其深刻的植入骨髓的"时间感觉的烙印",被蟋蟀所精心编排和塑造,"故乡"美痛之感,跃然纸上。而蟋蟀几乎是用一种站在幕后的位置,以不动声色的零度遣词的力道,将它们缓慢有序而又浑然一体地呈现出来，愈益增加了对于"烙印"感知的真实程度和读解的意蕴空间，足见其技艺之高超。

5. 关于物像的全息化指代

前面已经提及，中华民族的"故乡"承载了数千年农耕文明的价值基核和物像全息，诗里给出的某些具体物像，往往以全息体的形式，附着并伸展于"故乡"词义之上。它们之间的相互辉映和彼此照应，共同完成了对于"故乡"形象及其内涵的立体拓扑和深度揭喻。

如诗中出现的"父亲"形象（"父亲变得又聋又瞎，像一把用钝的铁锹，靠在墙角。"），其实是"故乡"的一个真实脸孔，"聋"和"瞎"的身体特征，"钝"的无用感，"墙角"的位置感，均指向一种老旧和被遗弃的情境，暗示出"故乡"在现代化风浪覆盖下千疮百孔、奄奄一息之形貌。这不禁让我想起画家罗立中的著名油画《父亲》，两者有着惊人的相似，只不过蟋蟀用一把钝铁锹，替代了罗立中画中的一个旧瓷碗而已。

不过，就像我前面揭示过的，这奄奄一息的"父亲"形象，因其携带的风霜感无比强烈和震撼，事实上在美学意义上他又是长存的，因此又指喻出"故乡"耐得住任何风浪摧折和侵袭的卓异品格。在此意义上，蟋蟀和吕德安殊途同归：

像过冬的梅花
父亲的头发已经全白
但这近乎于一种灵魂
会使人不禁肃然起敬。

——摘自吕德安《父亲和我》

《故乡山》诗中还出现了"码头"意象（"在废弃的码头边，一个矮子和他的绰号还/孤零零地挂在树上。"），其义涵不好落实。如果考虑到前面的"废弃"一词，和后面的"孤零零"一词，从整体语境上，能够揣测到其对于农耕文明及其价值体系的指涉。后面的"矮子"(被遗弃的价值体系自然不会高大)、"绰号"(被遗弃的价值体系自会被人嘲讽)与"码头"形成了同义反复的叙述所指链,用以强化自身的废弃感、孤绝感。这种揣测,甚至能够在蟋蟀所喜爱的诗人杨键的诗中,找到类似的回应或举证:

我身上有一座深宅大院被你忘掉了,
我身上有一座老码头被你掩埋了。
我记住了从天而降的雨水在锈迹斑斑的铁丝上落下,
我记住了南瓜花缠绕的一间铁皮屋子。

——摘自杨键《喑哑》

对于一个"要将一生奉献给自己的文化母体"(见杨键诗集《古桥头》之"自序",上海文化出版社出版)的诗人,杨键在续承传统、反对现代化之途上走得彻底而决绝,用《喑哑》说出了"我的声音的苍古之美被你们的抵抗之声践踏,/我有着难以延续的耻辱和悲痛。"而承载"我的声音的苍古之美"的,大概就是这身上的"深宅大院"和"老码头",而它们都被现实的强力秩序所催逼和损毁。所以蟋蟀的"废弃的码头"和杨键的被掩埋的"老码头",其实都是对于衰败的式微的传统文化价值体系的指呈,面对同样强势的现代化语境,欲渡无舟楫。

另外,《故乡山》诗中最后一段有"身后,蛛网一节节地拆散。"一行诗,其中"蛛网"的含义耐人寻味。作为乡村最为常见的小动物以及按照通常的代喻关系,蜘蛛、蚂蚁用来形容卑微的平凡的农民,大概十分正常。而"网"是一种纵横交错的体系,可以喻指生存或生活形态。北岛的一字诗《生活》,其内容正是"网",可与此相互参证。"蛛网"涵指农民(耕)生活之意应该比较可靠。"蛛网一节节地拆散"意味着一种原本稳定的有序的农民(耕)生活正在不断的溃败、失序中。

更耐人寻味的是:这一行诗,与下一行诗("故乡山越堆越高,那么多的月光夹进岩层,那么多白霜。")在意蕴上形成了尖锐的对照和激烈的对抗——愈益拆之,则愈合之;愈益散之,则愈聚之。一种相反相成的意蕴空间的营造,既汇通于我们前面论述的"月亮/月光"的辩证法,又正好建构在全诗节奏感上的"高潮"处(在前面第二章"关于诗的结构问题"中已经述及),从而将意蕴空间营造得更加全息,打开得更加深邃。

诗的最后一行起首的"草"字,前已述及是"作为'故乡'的价值碎片和形象元素"而存在,取其农耕社会的普遍性(草根、草民)以及死而复生、周而复始的顽强性(与白居易《赋得古原草送别》、惠特曼《草叶集》、鲁迅《野草》意相合),具有丰富的联想意蕴和感人的美学形象。

总而言之,通过"父亲"、"码头"、"蛛网"、"草"等物像的全息化指代,"故乡"的深度内涵以及掩映其中的美和痛,都得到了深刻的揭示和立体的呈现。

6. 我/你

诗中,出现了两个第一人称"我"的叙述,一个是月亮之"我",一个是叙述者(作者)之"我"。在月亮之"我"的叙述视角下,还引出了对于第二人称"你"的描述,如"还有你,脸上的三道疤痕。"以及"瞧,你的双手,每一个指头都有它的去向,它的姓名。"等。鉴于现代诗常有的自我对话性质,我把诗里出现的"你",看作叙述者的一个"变体"——现在的"我"在凝视(那个"瞧"字有提示)过去的"我"时,过去的"我"处在对话中的第二方(客方)位置,故以"你"称之。这样看来,诗中的"你"即是"我","我"即是"你","你"的出现是为了满足在细部与"我"展开对话、形成呼应的需要。或者说,"你""我"之间在主声部的对位和声关系之外,也形成了某种次声部的对位和声关系,从而深化了前述的诗的音乐结构的复调性以及美痛主题的揭示。

四、关于诗的题目"故乡山"

看山望水认为,本诗标题"故乡山"与内容关系都不大,有点文不对题。初读确有此感，但也有可能把作者深掩/伸延的寓意给忽略了。不妨对此也作一解析。

乍看之下，"故乡山"似乎是一个偏正词组，原应为"故乡的山"，作者为了书写的简化去掉了"的"字，遂成"故乡山"之诗题。但我觉得，"故乡山"在作者预设的修辞策略或解读导向里，很可能是一个并列词组，前面的"故乡"在大部分人已经用熟用滥的情况下，更多地指涉精神层面的含义，后面的"山"则赋予"故乡"以直接的物态形象感，两者结合起来，彼此印证又相互指涉，才完成了对于"故乡"从精神到物态不同层面的完整的增值性指涉。

按照以上解读逻辑，我们可以分别对"故乡"和"山"做出各自的解析，然后合并起来，统解"故乡山"诗题的含义。

对于"故乡"一词，鉴于其非常普遍而大量地使用，我倒觉得没必要去词典上查询精确的释义。我更愿意从自己的阅读印象中，给出一段对"故乡"有深刻见解的话语，以提供出能与蟋蟀所设下的意蕴产生共振的线索，譬如韩少功的这段话——

故乡存留了我们的童年，或者还有青年和壮年，也就成了我们生命的一部分，成了我们自己。它不是商品，不是旅游的去处，不是按照一定价格可以向任何顾客出售的往返车票和周末消遣节目。故乡比任何旅游景区多了一些东西：你的血、泪，还有汗水。故乡的美中含悲。而美的从来就是悲的。中国的"悲"含有眷顾之义，美使人悲，使人痛，使人怜，这已把美学的真理揭示无余。在这个意义上来说，任何旅游景区的美都多少有点不够格，只是失血的矫饰。

——摘自《我心归去》

韩少功这段话，指出"故乡的美中含悲"，"美""悲"一体，与我对《故乡山》的解读，基本是一致的，并含寓在我的文章标题"美与痛的弹奏"之中，前面已经做了解析，在此就不再展开讨论了。我只是想从蟋蟀的其他诗作中，找出类似的线索或者佐证。在蟋蟀放到论坛上的四十首诗作中，我找到了三首含有"故乡"一词的诗作（在随笔中还两次出现"故乡"，暂不引用），摘录如下：

故乡在暗处堆积着暖和的柴垛。
我得照看这些死去的秸秆。
天气渐凉，我的手醒着，举在岸边
这奇异而古老的象形偏旁。

——《今夜，键盘打出了》

他捉住父亲的那一刻，卷心菜正在开花。
身后，是一个浸泡发白的故乡。

——《看门人》

我想把梨花寄出去，
贴上桃花的邮票。
但故乡的风，只能吹送十里。
还有那么远的路途，那么多的凋零
杳无音信的你
能收到几枚？

——《雨》

这三首诗作中的"故乡"，其实都不同程度地呈现出美中含悲、美中含痛之意。第一首诗中，以"柴垛"、"秸秆"所容含的古老的美，与"尸体"、"死去"、"渐凉"等词语所呈现的衰颓状作对比，以"醒着"点喻主题，折射出对于故乡沦陷之痛苦以及难舍之悲情。第二首诗中，"浸泡"的形态感喻示着人对故乡的无法离弃，而"发白"则皴染出故乡在现时代生存语境中的苍白感和无力感，美与悲、美与痛之感皆寓其中矣。第三首诗中，"故乡"不

121

作主题,但仍以"梨花"、"桃花"的美感,对称于"远"、"凋零"、"只能"等词素的悲感,形成了丰富的解读意蕴。窥一斑而知全豹,这些诗作中的"故乡",与《故乡山》一诗中的"故乡",交合,重叠,遥相呼应,共同弹奏出了美与悲(痛)的绵长心曲。"故乡"之寓意,应作如是观。

如今,现代文明的急速演进,对于农耕形态的生活提出了重建和新塑的迫切要求,结合着韩少功《山南水北》的经验诠释和生存解读,我更愿意给"故乡"绘出如下情感和学理的内涵:

融入山水的生活,经常流汗劳动的生活,难道不是一种最自由和最清洁的生活?接近土地和五谷的生活,难道不是一种最可靠和最本真的生活?

我对白领和金领不存偏见,对天才的大脑更是满心崇拜,但一个脱离了体力劳动的人,会不会有一种被连根拔起没着没落的心慌?会不会在物产供应链条的最末端一不小心就枯萎?会不会成为生命实践的局外人和游离者?

什么是生命呢?什么是人呢?人不能吃钢铁和水泥,更不能吃钞票,而只能通过植物和动物构成的食品,只能通过土地上的种植与养殖,与大自然进行能量的交流和置换。这就是最基本的生存,就是农业的意义,是人们在任何时候都只能以土地为母的原因。

——摘自韩少功《山南水北》

《山南水北》是一部卓异的书,它以平白质朴、情理交融的语言,为我们拓展出多维视角和多向意义——

哲学意义:大地和自然是不可越度的,是人类自我拯救的本体力量或终极投靠。

美学意义:大自然是一本值得反复吟诵的书,是歌唱和赞美的渊薮。

伦理学意义：面向土地和自然的生存与劳作是最高的善，是价值的原点和意义的归宿。

生态学意义：自然界的生命多样和生态平衡，依赖于人与动物、植物、土地和山水的交往并建立互信。

教育学意义：经由乡土锤炼和自然着色的人生更为充实和博大。

……

——摘自拙著《实践者的精神地平线——韩少功散文集〈山南水北〉阅读札记》

站在主动应对和挑战（而非被动退守和屈从）破空而来（影像化）和排山而至（实体化）的现代化生存疑难和危机的角度，串联在这些设问式解答和肯定式总结中，"故乡"的内涵，也许需要包括蟋蟀在内的所有真诚的实践者和书写者，去进行新的梳理、新的刷洗和新的澄清。我想，三千多年农耕味的"故乡"，在这些既是继承者又是开拓者的手中、心里和笔下，一定会有新的扩充、新的增殖和新的惊喜，那将是蟋蟀们沉浸、会心和幸福的时刻。

对于"山"一词，为掌握其复杂含义，我也许要做一番引证。首先，从最权威的《辞海》起步，进行我们的梳理——

① 陆地表面高度较大、坡度较陡的隆起地貌，海拔一般在500米以上。自上而下分为山顶、山坡和山麓。以较小的峰顶面积区别于高原，又以较大的高度区别于丘陵。高大的山称为山岳。一般的概念，也把山岳、丘陵通称为山。按成因分为褶皱山、断块山、侵蚀山、火山等。② 指形状像山之物。如：山墙；鳌山。③ 陵冢；坟墓。《汉书·地理志下》："盖亦强干弱支，非独为奉山园也。"颜师古注引如淳曰："《黄图》谓陵冢为山。"④ 蚕簇。如：蚕上山了。⑤ 形容大声。如：山响。⑥姓。晋代有山涛。——摘自1999年版《辞海》"山"之释义

以上的第①条、第③条、第⑤条释义,在《故乡山》一诗中均有直接的指涉。实体的山是构建《故乡山》一诗的所指骨架;"陵冢"、"坟墓"之义则呼应着"故乡山越堆越高"一句,寓指着"山"对人的永恒接纳和彻底息抚;"形容大声"之义,在鸟的"尖叫声"、"尖叫的神经"、"狗吠声"等处有所体现,暗示着树欲静而风不止的时代背景,也暗示着自我的抵抗、绝望和伤痛。第②条、第④条释义,通过诗中的"桑"、"墙"、"屋檐"、"墙角"等语象,也产生了间接的关联。

另外,我们可从权威的许慎《说文解字》中,找到"山"的解释,得到一些启示。我是从网络的"象形字典",间接地查到许慎之解的:"山,宣也。宣气散,生万物,有石而高。像形。凡山之属皆从山。"此解中"生万物"之义,将"山"本征于人类之"母亲",从本体论的角度铺设意义并使人投靠归服。这应该是撑起故乡山之巍峨的重要一极。

又另,因"山"在易经中为艮卦,查阅赵建伟、陈鼓应所著《周易今注今译》一书(商务印书馆版),得到"山为险阻,两〈艮〉相重,谓重重险阻。"之释义句。此释义在诗中多有体现,尤其是在迎面扑来的现代化浪潮愈益强烈的背景之下,四顾茫然,何以栖身,"又聋又瞎"、"又老又丑"的传统愈益彰显人的渺小、无力、失败、痛楚之感,"重重险阻"之谓,切中时代和现实肯綮,当为蟋蟀对"山"之语义设下的重要伏笔。

由是,"山"涵括了本体义、陵冢义、大声义、生万物义、重重险阻义等诸种语义,它们的交织混杂、冲突哗变,皆为找到与"美"和"痛"相称又相挟的语义景深和形象广角。

将以上对于"故乡"和"山"的意蕴挖掘,串联起来考虑,一个 $E = mc2$ 式的简洁答案,也许是我应该给出的:"故乡山"乃美痛之源、意义之薮,这正是"故乡山"诗题的深意所在。

最后,应该说明的是:"故乡山"题目,是蟋蟀经过精心思虑和认真考量(从他送来的冰山一角——对题目《故乡山》,原意为以山的形貌来隐喻精神之故乡和现实之故乡:岩层是其实质性

124

结构,记忆有如不断层叠的化石,最终垒积为自我的精神矿区。因此,除了现实投射,也有描摹当下精神境遇的企图。——也许可望见整个冰山)后,所给出的一个高度概括和恰当提纯的词组,以达到指喻普遍的精神境遇和不变的人性密码之目的,这和他喜爱的诗人杨键对于《小镇》题目的斟酌,实有异曲同工之妙。

五、结语

蟋蟀曾说:"我们来自不同的村庄,我们来自同一个故乡。对于在语言中寻求慰藉的人,构建一个语言的故乡,对于你我,都有现实意义。它是我们的血脉,我们循环播放的立体大片,我们的背景音乐……"如果结合海德格尔"语言是存在的家园"之说,那么《故乡山》就是"语言的故乡"意义上的一座精神家园,一首关于"故乡"的元诗歌,一部乡愁的地形学和一本乡思的博物志,向所有漂泊在现代化旅途上的游子默默开放。它携带着记忆与忘却、美与痛的形象密码和情感碎片,总是在那些矗立的楼群、轰鸣的机声和拥挤的人流中,向某个疲惫的身影或某个迷离的眼神,不期然地洞开、倾泻并扎破他/她的心魂,让他/她猛地想起故乡久违的明月和熟悉的虫鸣,并长久地追忆自己的生活是怎样地缺失了"温暖的棉籽"和沙沙的露珠。

在那些乡愁的尽头,在现代化进程已经把许多人农耕形态的故乡,连根拔除或损毁殆尽的今天,一个"语言的故乡"也许更能够成为那些漂泊的游子赖以投靠并安顿心魂的"码头",并从这里出发,去寻觅和拓殖新的精神家园。这也许意味着,通过语言的构建,《故乡山》深深地织入了现代性生存的意义革新和价值重构,一种至美至痛的"沉甸甸的承担",感应并召唤着一种现代生活美学形态的到来和成熟。放大了看,蟋蟀所有的诗作,莫不是围绕"故乡"这个元词,立足于新家园美学形态的探寻和编织,所开凿出的精神富矿。他以自己卑微、平凡但又执着、坚韧的身体力行,感受着生命的大撕痛,证悟着心灵的大抚慰,指引着灵魂的大安顿。虽然他的姿态是低下的,低下到几乎没有什么姿态的境地;虽然他的立场是宽仁的,宽仁到赤子般至宥至慈的程度——但这正是"故乡"的土地厚德载物,"故乡"的山脉仁以纳物之明证,并以此深深凸显了蟋蟀写作的思想意义和美学价值。

"周虽旧邦,其命维新"。与写作《山南水北》的韩少功一样,蟋蟀是我们时代看似退守实则走远的探险者,是真正潜行于诗歌与自我、现实与人性的重重沟坎与可能高地里的先行者,真实承纳着沟坎里的困思之痛和险峰上的风光之美。在农民社会向公民社会的艰难迈进里,他以全身心的修为淬炼着自己的哲学敏感和美学敏感,为我们提取并呈现着那思与美的"最大公约数",让我们愈益接近那些无以名状的光芒,愈益被其映照和唤醒,抚慰并静定了每日的匆促忙碌之旅。如此甚好,愿蟋蟀继续为我们提取和呈现那大美无言、至痛无痛的"最大公约数"!

图书在版编目(CIP)数据

剪纸课:第三届北京文艺网国际诗歌奖第一部诗集奖/蟋蟀著.
--上海:华东师范大学出版社,2019

ISBN 978-7-5675-8431-0

Ⅰ.①剪⋯　Ⅱ.①蟋⋯　Ⅲ.①诗集—中国—当代　Ⅳ.①I227

中国版本图书馆 CIP 数据核字(2018)第 233180 号

华东师范大学出版社六点分社
企划人　倪为国

剪纸课:第三届北京文艺网国际诗歌奖第一部诗集奖

著　者　蟋　蟀
策划编辑　王　焰
责任编辑　古　冈
封面设计　蒋　浩

出版发行　华东师范大学出版社
社　址　上海市中山北路 3663 号　邮编　200062
网　址　www. ecnupress. com. cn
电　话　021 - 60821666　行政传真　021 - 62572105
客服电话　021 - 62865537　门市(邮购)电话　021 - 62869887
地　址　上海市中山北路 3663 号华东师范大学校内先锋路口
网　店　http://hdsdcbs. tmall. com

印 刷 者　上海盛隆印务有限公司
开　本　890×1240　1/32
插　页　1
印　张　4.25
字　数　102 千字
版　次　2019 年 1 月第 1 版
印　次　2019 年 1 月第 1 次
书　号　ISBN 978-7-5675-8431-0/I・1977
定　价　45.00 元

出 版 人　王　焰